BENJAMIN QUABECK

Nichts bereuen

Buch

Nichts bereuen ist die Geschichte des neunzehnjährigen Daniel, der glaubt, das Leben und vor allen Dingen die Liebe spielten sich ohne ihn ab. Luca ist bezaubernd, aufregend, atemberaubend, Daniels große Liebe und – für ihn unerreichbar. Durch seinen Zivijob lernt Daniel die schöne Anna kennen, zerstreitet sich mit seinem besten Freund Dennis und schläft zum ersten Mal mit einer Frau. Diese und andere Ereignisse lassen ihn schließlich erkennen, dass Leben das ist, was dazwischen passiert. Und deshalb hat Daniel nichts zu bereuen.

Autor

Benjamin Quabeck wurde 1976 in Wuppertal geboren. Von 1996 bis 2001 studierte er an der Filmakademie Baden-Württemberg und drehte in dieser Zeit zahlreiche Kurzfilme. Unter anderen auch den Animationsfilm *Höhlenangs*t, der auf vielen europäischen Festivals lief und mit Preisen ausgezeichnet wurde. Für seinen ersten Langfilm, den Hochschul-Abschlussfilm *Nichts bereuen* wurde Benjamin Quabeck auf dem Münchner Filmfest mit dem HypoVereinsbank-Regie-Förderpreis ausgezeichnet, der ihn in eine Reihe mit Sönke Wortmann und Hans-Christian Schmid (*Crazy*) stellt. Benjamin Quabeck arbeitet auch als freier Cutter, ist Schlagzeuger der Band *B.O.P. Funkstar* und Lotus-Fahrer. Er lebt irgendwo auf den Autobahnen Deutschlands.

Benjamin Quabeck

Nichts bereuen

Roman

GOLDMANN

Umwelthinweis:
Alle bedruckten Materialien dieses Taschenbuches
sind chlorfrei und umweltfreundlich.

Originalausgabe November 2001

Umschlaggestaltung: Design Team München
Umschlagfoto: © ottfilm
Satz: DTP im Verlag
Druck: Elsnerdruck, Berlin
Verlagsnummer: 45294
Lektorat: Julia Eisele
Herstellung: Sebastian Strohmaier
Made in Germany
ISBN 3-442-45294-5
www.goldmann-verlag.de

1 3 5 7 9 10 8 6 4 2

Teil I

Insektenverführung

Kein Liebesbrief

Liebe Luca,
komm bloß nicht auf die Idee, das hier für einen Liebesbrief zu halten.
Ich bin ein Jugendlicher in den Neunzigerjahren, ich bin jung und sexy und eigenständig, ich liebe mich selbst und habe es deshalb nicht nötig, irgendwem Liebesbriefe zu schreiben. Es ist nicht so, dass ich niemanden brauche, aber ich brauche es nicht, jemandem hinterherzurennen.
Nachdem das nun geklärt ist, mein eigentliches Anliegen: Liebe Luca, ich möchte dir zu unserer Beziehung gratulieren. Ich möchte dir mitteilen, dass ich es ganz toll finde, wie wir uns verstehen. Echt, große Klasse. Wir sind super Freunde, die super Sachen zusammen machen. Und ich finde es superschön, dass ich bei dir immer so richtig ich selbst sein kann, dass du mich nicht als Mann, sondern als Mensch akzeptierst und ich mir keine Sorgen machen muss, dass du nur das eine willst, nämlich vor allem deine persönliche Egobefriedigung. Das macht mich glücklich.
Ich bewundere echt, wie du das schaffst, denn Freundschaft und Liebe so zu trennen ist in der heutigen Zeit schon eine echte Leistung. Zumal das erfahrungsgemäß eigentlich gar nicht geht und ich auch eher der Typ zum Verlieben bin. Das sagen sie zumindest immer.
Um es kurz zu machen: Unsere Beziehung wäre perfekt,

wenn wir nur ein bisschen öfter miteinander ficken würden. Überleg es dir doch mal, ich fänd's toll. Und denk dran, auch du kommst in mein Buch, vor Wut kotzend ...
Daniel

Ich bin Daniel, bin neunzehn Jahre alt und habe einen Tumor in der Magengegend, der mittlerweile fast dreieinhalb Kilo wiegt. Ansonsten geht es mir gut. Ich bin ein Junge in den besten Jahren, und wenn ich nicht ein bisschen Angst davor hätte, verrückt zu werden, wäre ich so glücklich-ausgewogen, wie man es heutzutage als junger Mensch dank Cerealien, ACE-Drinks und Wellnessbereichen in »Erlebniszentren für Geist und Körper« nur sein kann.

Ach ja, eins hätte ich fast vergessen: Ich hab noch nie mit 'nem Mädchen geschlafen, und so wie es momentan aussieht, wird sich das auch niemals ändern. Ein Halleluja auf die Unschuld. Was bin ich doch für ein außergewöhnliches Individuum in der heutigen Zeit, wo es jeder schon mal mit jedem und das am besten gleich öffentlich in einer 14.00 Uhr-Talkrunde gemacht hat. Ein Halleluja auf unsere heutige Welt, auf unseren ach so fortschrittlichen Zeitgeist und die Möglichkeit, dass sich endlich jeder selbst verwirklichen kann, und ein Halleluja auf die Tatsache, dass kein Mensch wirklich weiß, was damit gemeint ist und dass schon die Expressionisten an dem Stumpfsinn, der Schnelllebigkeit und Maschinenhaftigkeit ihrer Zeit zerbrochen sind und dass sich niemals etwas ändern wird, was mir den Trost lässt: So schlimm kann es doch gar nicht sein, in hundert Jahren wird man sich nach dieser Zeit zurücksehnen.

Und ich habe sie persönlich erlebt. Welch ein Geschenk, dabei gewesen zu sein. Halleluja.

1

Vorspiel

Mit dem Erstenmal ist das so eine Sache. Irgendwann hat man den Zug verpasst, und dann muss man auf einen fahrenden aufspringen, und das ist nicht so leicht. Wenn um einen herum alle ficken wie die Karnickel und man selber nicht zum Schuss kommt, dann denkt man irgendwann nur noch an das Eine.

Und das ist gefährlich, denn das merken sie. Wenn du nicht poppst, dann sehen sie es dir an der Nasenspitze an. Wenn du nicht poppst, dann kriegst du auch nichts zu poppen. Dann wirst du ganz schnell der Ich-bin-so-richtig-glücklich-mit-dir-weil-du-so-ein-guter-Freund-bist-und-ich-bei-dir-so-richtig-ich-selbst-sein-kann-ohne-mich-ständig-angemacht-zu-fühlen-weil-du-mich-nicht-als-Frau-sondern-als-Mensch-akzeptierst-Typ.

Und dann hast du verloren. Dann machen sie dich klein, tyrannisieren dich, machen dich heiß, machen im letzten Augenblick dicht, lassen dich abblitzen, spucken dich aus und treten das letzte bisschen Männlichkeit aus dir heraus, bis du aufgibst, dir wünschst, keinen Schwanz mehr zu haben und ihnen nachsprichst: »Wir sind Freunde, wir sind Freunde, wir sind Freunde.«

Ich habe echt verdammt wenig Erfahrung mit Mädchen, das will ich mal so offen zugeben, auch wenn das in meinem direkten Umfeld keiner so genau zu wissen scheint. Was mir ziemlich recht ist.

Nicht gerade rühmlich, das Ganze. Aber was soll ich machen? Das erste Mal mit einer, die du wirklich liebst, habe ich mir geschworen. Und zwar richtig, nicht mal eben schnell auf einer Party, angetrunken, im Ehebett der Gastgeber-Eltern, mit irgendeiner, die man kennt und die ganz süß ist.

»So richtig« hab ich mir immer vorgestellt. Mit kennen lernen, große Liebe, viel zusammen machen, Zeit lassen. Langsam rantasten. Und dann, irgendwann: optimaler Abend. Essen gehen, Kino, nachher kurz in die Disko, dann nach Hause, Flasche Wein im Garten, Eltern im Urlaub, Sterne gucken, Glühwürmchen, zu zweit auf dem Liegestuhl, wo ist der Große Bär? Flüstern, trinken, langsam anfassen, ausziehen, ganz vorsichtig, dann ins Gras, auf dem Rücken liegen, leichte Gänsehaut, es kitzelt, der Körper erschauert bei jeder Berührung, sie über dir, du siehst den Großen Bären, sie sieht ihn auch, fasst ihn an, die Sterne werden dunkler, es wird Nacht um dich herum, wie lange liegst du hier, zwei Stunden? Der Sommer ist schon fast zu Ende.

Ich weigere mich einzusehen, dass es anders sein sollte. Ich war schon immer ein wenig stur, und in dieser Sache kenn ich kein Pardon. Gerade in dieser nicht. Natürlich hab ich auch Angst davor, dass alles daneben geht, wenn ich mit so übersteigerten Erwartungen da rangehe. Aber das ist deshalb trotzdem kein Grund, von dieser Vorstellung schon im Vorfeld abzurücken.

Zurück zu meiner Erfahrung mit den Mädchen. Das einzige Mal, wo ein bisschen was war, da hab ich meine Zunge, zugegeben bis zum Anschlag, in Stefanie gehabt. Das war an sich ein gutes Gefühl. Steffi ist noch ziemlich jung für ihre neunzehn Jahre, hat Oberschenkel, so zart wie Knackwürstchenpelle und auch ebenso straff, nur, dass sie besser riecht. Sie riecht wie der Frühling, sie schmeckt auch so, und sie trägt weiße Seidendessous. Ihre Haare waren ein weicher süßer Flaum auf meiner Zunge. Außerdem ist sie hilflos und erbarmungslos in mich verliebt, und vielleicht ist das alles an diesem Abend in erster Linie aus Mitleid mit ihr entstanden, ich kann das nämlich sehr gut nachempfinden.

Fest steht, dass es nicht nur Mitleid war, sondern auch eine ziemlich tiefe Verwirrtheit ›ob der Situation‹ meinerseits, die uns in ihr Bett brachte. So eine generelle Verwirrtheit über das Leben und dessen Sinn, die mich von Zeit zu Zeit überfällt. Besonders dann, wenn ich Luca auf einer Party zusammen mit einem anderen Typen Cocktails trinken sehe. Ein langhaariger Satin-Hemd-Spanier, mit Stallone-Blick und hängenden Ohren und ›ach so süß‹.

Und er trinkt, auch ›ach so süß‹, den Cocktail, den Luca mir gerade bringen wollte. Das hat mich alles ziemlich abgenervt, und dann stand da Stefanie, und ich habe mir gedacht ›Scheiß drauf, jetzt ist alles egal‹ und habe sie abgeschleppt.

Wir sind also bei ihr, meine Zunge, wie gesagt, bis zum Anschlag in ihr drin, und dann denke ich fatalerweise: mal oben alles abchecken und mach die Augen auf, schau in ihr Gesicht und was ich sehe ist natürlich nichts anderes als Stefanie, die sich gerade ihrer grenzenlosen Leidenschaft hingibt, aber mein Gehirn hatte mir irgendwie den Streich gespielt, das Gesicht von Luca zu erwarten.

Was ich also sehe erschüttert die Grundfesten meiner sexuellen Erregung, und das dumpfe, rumpelnde Fundament in meinem Bauch lässt mich befürchten, dass ich meine gesamte an diesem Abend aufgenommene Nahrung mit einem orgiastischen Schwall über ihre nackten Brüste verteilen werde.

Mir bleibt nur noch ein gekeuchtes: ›Du, ich geh mal kurz ins Bad‹, und ich krieche nackt auf allen vieren zur Tür, meine innerhalb einer Millisekunde zusammengezuckte Erektion hinter mir herschleifend. Badezimmertür zu, eine gelb gepunktete Flanellshorts ihres Bruders aus dem Korb für schmutzige Wäsche leihen, Badfenster aufmachen und springen.

Ich stehe in der freien Natur und atme die nächtliche Sommerluft ein. Und das ist gut so, denn das gibt mir für einen winzigen Augenblick die Illusion, ich wäre frei und ungebunden und könnte mein Leben endlich in die Hand nehmen.

Aber dann sehe ich in Steffis Zimmer ihren Schatten an der Wand entlangwandern, langgezogen und bedrohlich verzerrt durch die kleine Lampe, die auf ihrem Boden steht. Sie will vermutlich gerade ins Bad und nachsehen, wo ich geblieben bin. Und da ich auf keinen Fall möchte, dass sie mich hier entdeckt, schleiche ich barfuß durch das feuchte Gras ums Haus und verschwinde klammheimlich in der Nacht.

Verdrücke mich wie ein Dieb in die Dunkelheit. Sie tut mir Leid.

Doch sie wird drüber wegkommen. Sie behauptet zwar dauernd, ich sei ihre große Liebe, aber ich bin nicht wirklich der Einzige, an dem sie interessiert ist. Und vielleicht ist gerade das das Problem. Vielleicht bin ich mir mit meiner Unschuld zu kostbar, um so was durchzuziehen. Es ist eine festgefahrene Kiste. Wenn man schon so lange wartet, dann muss die Situation perfekt sein, um einfach nur als o.k. zu gelten.

Ich will ja nicht behaupten, dass ich ein großer Frauenheld bin und frei wählen könnte, aber es gibt doch ein paar Gelegenheiten, die ich in den Wind geschossen habe, weil ich dachte, es kommt noch was Besseres. Aber was Besseres meint hier schlicht: Luca.

Und deshalb will ich ehrlich sein. Hier geht es nicht um verpasste Gelegenheiten oder nur ums erste Mal. Es geht um

Liebe. Ich liebe Luca, was also habe ich dann verdammt noch mal in Steffis Schlafzimmer verloren?

Vielleicht bin ich aber auch nur zu feige und einfach unfähig, denk ich mir und fang an, Richtung Stadt zu laufen. Meine Füße klatschen leise auf den Asphalt, und ein zarter warmer Wind fährt mir durch die Haare. Ein einsamer Held der Landstraße, nach gemeisterten Abenteuern auf dem Weg nach Hause. Man kann sich auf ihn verlassen. Besonders in der ureigenen Verpflichtung, der er als Mann nachzukommen hat. Ein Held, der von der ihm verfallenen Frau seitdem nur noch ›Streuner‹ genannt wird. Der seine Schuhe, seine Hose und sein Kapuzenshirt nie wieder bekommen hat.

»Es liegt noch alles da, wo du es verloren hast«, hat sie ihm Tage danach mal gesagt. »Du brauchst es dir nur zu holen.«

Doch unser Held war der Abenteuer überdrüssig. »Später mal«, war seine nicht ganz ehrliche Antwort. Er wusste, sein Hab und Gut war verloren.

2

Wie hat das alles angefangen? Wie hat es soweit kommen können?

Wie alles anfängt ist meistens schwer zu sagen, weil man es selten mitbekommt. Die Dinge passieren, verändern sich unmerklich. Wir schleichen uns durch unsere Tage und Wochen, durch unser ganzes Leben. Wir stolpern von hier nach da und wundern uns, wo wir plötzlich ankommen, ohne dass wir jemals gemerkt haben, in welche Richtung wir laufen. Wenn es uns gut geht, dann vergessen wir, dass es nicht immer so war, und wenn es uns beschissen geht, ist es immer so, als wäre es noch nie so schlimm gewesen. Als wäre der Schmerz nie größer gewesen als in diesem Moment. Wir verlieren den Überblick und verstehen die Zusammenhänge erst in der Rückschau.

Bei Luca war es anders. Plötzlich war sie da. Wie ein Urknall. Danach war das Universum nie wieder wie zuvor. Mit Luca wurde alles anders. Ich hab sie gesehen und wusste in diesem Moment, in welche Richtung ich laufe. Ich verstand alle Zusammenhänge der Welt und wusste, warum ich hier war.

Aber es ist schwer zu sagen, wie es soweit hat kommen können. Ich dachte immer, ich sei ein selbständig denkender, rationaler Mensch. Wie hab ich so abhängig werden können? Abhängig von einem Menschen, den ich kaum kenne und der mich überhaupt nicht kennt. Dem ich nie wirklich nah war, außer in meiner Phantasie.

Als Luca für den Sommer nach Amerika geflogen ist, da habe ich gedacht, dass ich die zwei Monate bis zu ihrer Rückkehr niemals überleben würde. Ich habe mir vorgestellt, wie sie wiederkommt und mich in einer Gosse neben dem Hauptbahnhof findet. Ich winsele, jede Pore meines Körpers dünstet Schwaden von Alkohol aus. Ich sehe ihr in die Augen, und wie immer, wenn ich das tue, springt ein winzig kleiner Funke, weißblau wie ein Schweißbrenner, aus ihrem Blick direkt in mein tiefstes Herzinnere. Auf dem Weg dahin entzündet er, kurz vor Körpereintritt, meine alkoholische Hülle, und ich gehe – vor Lucas erstauntem Blick – mit einem leicht puffenden Geräusch vom festen in den gasförmigen Zustand über. Befreit von allen Lasten des körperlichen Daseins steige ich kleine Flammen hinter mir herziehend empor, an der Bahnhofsuhr vorbei, vermische mich mit den Abgasen der Diesel-loks und werde eins mit dem Dunst über der Stadt, um von nun an mit dem Rest des Smogs für die allabendlichen wundervollen Sonnenuntergänge zu sorgen, die die Erinnerung an mich quasi bis in die Unendlichkeit verlängern. Endlich Frieden.

Ein paar Leute klatschen, die anderen reiben sich kurz die Augen, gehen weiter und glauben wie bisher an die Rationalität unserer Welt, als wenn nichts geschehen wäre. Aber ich, ich frage mich weiterhin: Wie hat es soweit kommen können, dass ich, auch noch mit Spaß an der Sache, Teil einer Fußgängerzonen-Zauberdarbietung wurde. Mein Ableben als inszenierter Witz auf offener Straße, ein kleiner, netter Lichteffekt. Ein Schauspiel einer Frau zuliebe, die nicht mal zu würdigen weiß, was sie dort gerade erlebt hat. Die, leicht verunsichert, den Applaus der Umstehenden dankbar, fast schüchtern entgegennimmt.

Ach, das war doch nichts. Ich kann noch ganz andere Sachen. Sie sollten mal sehen, wie ich eine Herde Elchkühe verschwinden lasse. Das ist ein Trick! Eine ganze Herde! Ehrlich. Einen kleinen Jungen verpuffen lassen kann jede Anfängerin. Lächeln. Nettes Understatement. Das Klimpern der Münzen im Hut verrät: Schon jetzt ist der nächste USA-Urlaub gesichert.

Wie hat es soweit kommen können, dass ich mich lächerlich mache. Hinter dir herrenne, an nichts anderes mehr denken kann. Wir kennen uns schon lange, wir haben sauviel zusammen gemacht, wir waren immer Freunde.

Wir waren nie Freunde.

Wir haben nie über das gesprochen, was wir abends denken, kurz bevor wir einschlafen. Wovon wir träumen in der Nacht. Oder über die Verzweiflung, die wir an manchem Sonntagmorgen spüren, wenn die Sonne aufgeht und wir wieder einen Tag alleine hinter uns bringen müssen.

Vielleicht war ich dein Freund. Aber du warst nie meine Freundin. Du warst immer das Unerreichbare. Das Vollkommene. Das ich-trau-mich-niemals-zu-sagen-was-ich-wirklich-für-dich-fühle-sondern-genieße-einfach-den-Augenblick-mit-dir-und-stell-keine-Fragen-vielleicht-ist-es-morgen-schon-vorbei-vor-allem-dann-wenn-ich-sage-was-ich-über-dich-denke-wie-ich-an-dich-denke-wenn-ich-allein-bin-und-auch-jetzt-und-für-alle-Zeiten-immerdar-und-das-mache-ich-nur-kaputt-und-ich-will-sowieso-nur-wenn-du-es-auch-willst-das-setzt-dich-nur-unter-Druck-wenn-ich-es-sage-und-irgendwann-wirst-du-es-von-selber-merken-und-dann-wird-alles-gut.

Am Sankt Nimmerleinstag.

Wenn du alt und hässlich bist und sie alle durch hast. Wenn du merkst, dass alles, was du gesucht hast, immer direkt unter deinen Augen rumgetigert ist. Wenn du merkst, dass du nur mit dem Finger hättest schnippen müssen, und der Tiger hätte einen Satz gemacht, sich auf deinen Schoß gesetzt und beruhigend geschnurrt, wenn die Welt dir Angst gemacht hätte. Er hätte dich warm gehalten und die wilden Tiere vertrieben und wäre immer für dich da gewesen.

Dann wirst du sagen: Verdammt, ich hätte es früher erkennen können. Aber was soll's. Es ist ja noch nicht zu spät. Nimm mich, Tiger, alt und hässlich, wie ich bin, es ist doch nicht das Äußere, was zählt. Denn in meinem ausschweifenden, von Abenteuern mit fremden Männern und orgiastischen Begegnungen geprägten Leben habe ich eines gelernt: Das alles ist nicht für die Ewigkeit, denn der Körper geht dahin und welkt wie eine alte Blume.

Und ich weiß jetzt schon, dass ich bereit sitzen werde. Dressiert und deprimiert und vergrämt durch das, was mir all die Jahre entgangen ist. Aber bereit. Mit einer Vorfreude auf das alte verschrumpelte Etwas, das sich mir nun offenbaren wird. Das höchste aller Gefühle.

Und dann wirst du sagen: Weißt du, nach den Wechseljahren haben viele Frauen gar keine Lust mehr auf Sex. Wenn du mich wirklich liebst, dann lass uns das Thema vergessen.

Und ich werde nicken, wie ich es immer gemacht habe und werde den dicken Kloß, der sich über die Jahre in meinem Hals angestaut hat, wortlos herunterschlucken, wie ich es immer gemacht habe, und alles wird gut sein. Für dich. Endlich hast du gefunden, wonach du immer gesucht hast. Mich. Ein armseliges, verkümmertes, von Selbstmitleid zerfressenes, von Selbsthass verstümmeltes, kastriertes Mich, das lächeln wird. Ich bin glücklich, wenn du glücklich bist, werde ich sagen und mit eisernem Willen warten, bis der Tod mich erlöst.

3

Noch davor

Ich habe Luca in der Schule kennen gelernt. Sie war eine Klasse unter mir und ging damals mit Marc, einem meiner Klassenkameraden. Da war ich fünfzehn, und als ich sie das erste Mal gesehen habe, hat es mich fast umgehauen. Es war zwar nicht gleich die große Liebe, aber sie hat mich verdammt interessiert. Sie hat jeden interessiert.

Wenn sie nicht da war, dann war sie nicht da. Ich meine, ich habe nicht an sie gedacht oder so. Zumindest am Anfang. Aber wenn ich sie gesehen habe, dann war alles vorbei. Ich bin mitten im Fußballspielen stehen geblieben, auf dem Schulhof. Oder ich habe aufgehört zu kauen, stand wie angewurzelt in der Pausenhalle.

Viele gute Freunde habe ich durch solche geistigen Aussetzer verloren. Viele Lehrer vor den Kopf gestoßen, weil ich plötzlich regungslos in der Klasse stand, den Blick auf den Schulhof gerichtet, wo sie gerade mit einer Freundin ging. Die Kreide in meiner Hand zerbröselte langsam. Pythagoras? War das der Gott der Liebe? Setzen. Dennis, wie war das mit a-quadrat und b-quadrat? Macht c-quadrat. Genau! Daniel, hättest du was dagegen, morgen nach der Schule mal mit deiner Mutter vorbeizukommen? Luca winkt. Wem zum Teufel hat sie da gewunken? Mir? Marc? Der reagiert nicht. Ich winke zurück. Ein Lachen geht durch die Klasse, mir doch egal. Daniel? Morgen? Mit deiner Mutter? Scheiße noch mal, von mir aus. Die ist eh auf meiner Seite. Wem hat sie da gewunken? Hat sie gesehen, dass ich geantwortet habe? Was mache ich hier eigentlich?

Irgendwann hat sie mich zu einer Party eingeladen. Einfach so. Wir hatten zwar mal ab und zu miteinander gequatscht, auch, weil ich Marc ganz gut kannte, aber mehr nicht. Es war ihre Geburtstagsparty! Das macht sie doch nicht einfach so. Sie will's wissen!

Sie wollte gar nichts wissen, aber wenigstens waren wir auf dem Höhepunkt der Party beide so breit, dass wir, als wir mitten auf der Tanzfläche zusammentrafen, uns besoffen in die Arme gefallen sind.

»Ich liebe dich vielleicht«, habe ich ihr lallend entgegengeschnauft, und sie hat mich angesehen, als ob sie gleich würgen müsste. Aber sie hat mich wohl nicht verstanden. »Die ist draußen, kotzen«, hat sie nämlich geantwortet, und dann noch ein »ich glaub, ich geh da auch hin«, und weg war sie wieder, so wie sie immer verschwindet, flatternd wie ein Schmetterling durch die sabbernde und stampfende Menge von pubertierenden Kleinstadthelden. Zugegeben, wie ein besoffener Schmetterling, zwei Flügelschläge und dann ein wenig trudelnd durch die Tür. Aber selbst in diesem Zustand noch mit einer Eleganz, die manch nüchternes Laufstegmodel hätte erblassen lassen. Und ich? Ich hing ein wenig verloren auf der Tanzfläche rum. House ist nicht gerade meine Musik, und darum hab ich mich auf den Weg zur Bar gemacht.

»Ich liebe sie vielleicht«, habe ich Dennis ins Ohr gebrüllt, der dort schon den gesamten Abend verbracht hatte, um die Hausbar komplett durchzutesten.

»Ich dich auch«, hat er zurückgebrüllt und mir einen feuchten Kuss auf die Stirn gesabbert, so alkoholdurchtränkt, dass meine Stirn brannte. »Darauf trinken wir einen«, jauchzte

Dennis und schenkte uns von dem Pfirsichlikör ein, bei dem er mittlerweile angekommen war und von dem er sein ganzes Leben nie wieder trinken sollte.

»Hau weg«, rief er, und es haute ihn weg. Er torkelte Richtung Garten, um sich mit Luca und der von ihr erwähnten Person in eine Reihe zu stellen, und machte die totale Verwüstung komplett. Wo Dennis hinkotzt, wächst kein Gras mehr, ist eines unserer ältesten Sprichwörter. Es sollte sich auch an diesem Abend wieder bewahrheiten.

Da hatte ich nichts mehr hinzuzufügen. Ich entschied mich, den Abend zu beenden, schloss meine Augen und ließ mich rückwärts vom Barhocker fallen. Sanft sank ich, mein Sturz von der tobenden Menge abgefangen, Richtung Erdboden. Einen kurzen Moment schwebte ich darüber, auf einem kleinen Luftpolster aus Glück und Zufriedenheit. »Du hast es ihr gesagt«, hab ich nur gedacht. »Auch wenn sie es nicht verstanden hat, du hast geschafft, es ihr zu sagen, das ist das Einzige, was zählt.«

Und dann schwebte ich die letzten paar Zentimeter unter dem tosenden Applaus der Umstehenden zu Boden, um dort endlich meine Ruhe zu finden.

Eine Woche lang musste ich mit diesem dämlichen Kopfverband rumrennen. Und als der endlich ab war, hatte ich am Hinterkopf eine riesige kahle Stelle, die die Ärzte zum Nähen reinrasiert hatten. Da ich keine Glatze wollte, bin ich sechs Wochen nur noch mit Kappe aus dem Haus gegangen.

Der beschriebene Abend zählte eindeutig zur Kategorie »gehirnzellenbelastend«, und es dauerte einige Wochen, bis ich mich wieder richtig erholt hatte. Aber das war Nebensache. Denn ich hatte das überwältigende Gefühl, dass sich an diesem Abend erneut mein Leben geändert hatte.

Ich liebte sie wirklich. Das wusste ich. Und weil das so war, hatte ich etwas, an das ich glauben konnte. Ich hatte etwas, das ich richtig machen konnte, auch, wenn alles andere schief lief und in die Hose ging. Ich konnte sie kompromisslos lieben, auch wenn die Welt um mich herum zusammenbrach. Ich hatte einen Fixpunkt in meinem Leben, an dem ich alles andere festmachen konnte. Und ich hatte es nicht eilig, ihr das zu sagen. Denn das Gefühl war so stark, dass ich mir sicher war, warten zu können, bis sie es selbst entdeckte.

Es sollte jedoch noch einige Zeit dauern, bis wir uns wieder so nah kamen wie in jener Nacht. Wenn ich damals gewusst hätte, wie lange, dann hätte ich vielleicht einiges anders gemacht. Aber ich war damals jung und leichtsinnig, und so hab ich alles auf eine Karte gesetzt. Und diese Karte, dachte ich, war wie eins dieser Wartezettelchen beim Einwohnermeldeamt. Grün wie die Hoffnung und mit einer Nummer, die auf jeden Fall irgendwann drankommen musste.

4

Glaube

Es ist früher Morgen, ca. 7.30 Uhr, und ich stehe fröstelnd im Seitenschiff der evangelischen Kirche unseres netten kleinen Stadtteils. Genau zwischen den Gebetsbänken und der großen Kanzel.

Seit Ende des Sommers gehe ich jeden Tag in die Kirche, aber nicht, weil ich plötzlich meinen schon lange verlorenen Glauben an den lieben Gott wiederentdeckt habe, sondern weil mein Vater mir einen Zivildienstjob vermittelt hat. ›Prima‹, hab ich gedacht. Wenigstens stresslos. Aber als Hilfsküster wird man ständig verarscht. Von jedem. Von alten Omas, von den Kindergartenkindern und am meisten von den Pastören. Und man langweilt sich zu Tode, weil man nichts zu tun hat. Außer wenn man Sonntagsdienst hat oder eine große Trauung ansteht. Dann geht's hoch her. Aber der Job ist nichts für mich.

Ich will was Richtiges machen. Krankenpflege zum Beispiel. Nicht dass ich große Lust darauf habe, alten Männern am Hintern rumzupulen oder alten Frauen unter Todesqualen die Stützstrümpfe über ihre schwabbeligen Beine zu zerren, aber das ist immer noch besser, als in der Kirche abzuhängen, auf Gott zu warten und im Winter Tonnen von Schnee vom Hof befördern zu müssen.

Also sag ich zu meinem jungen, verständnisvollen evangelischen Pastor, dass er mich mal da kann, wo nie die Sonne

Und jetzt stehe ich hier, mit einem labbrigen S-Bahn-Ticket in der Tasche meiner Cordhose, drücke meine Nase gegen die Scheibe der Aussichtsterrasse und starre auf das Rollfeld. An der Glastür hängt ein Schild: »Geschlossen, weil Kasse heute nicht besetzt«. Aha. Sinnfrei, wie die ganze Aktion hier.

Da biegt auch schon der fette, sich mit den schwerfälligen Bewegungen eines an Knochenschwund leidenden Kranichs dahinschleppende Airbus um die Ecke, und der Pilot lässt die Kiste mit einem leichten Rülpser auf der staubigen Landebahn aufsetzen. Der vergreiste Vogel schleppt sich Richtung Terminal, öffnet zischend seinen Schnabel und würgt eine endlos scheinende Ameisenspur von ferngesteuerten Zombies mit Aktenkoffern und Lederschühchen aufs Rollfeld.

Das ist alles.

Hey, was ist da los? Wo ist der Höhepunkt dieser Darbietung? Ein Schwarm Kraniche ohne das betörende Weibchen, das die Zeit auf dem Weg nach Süden wie im Fluge vergehen lässt? Ein Zirkus ohne Seiltänzerin, die mit ihren weißen Seidenstrümpfen einem Zwölfjährigen seinen ersten feuchten Traum beschert? Ein Flugzeug aus den USA ohne Luca?

Und da geschieht es. Als habe sie gewartet, bis das Rollfeld leer ist. Als habe sie gewusst, dass ihr zarter Auftritt von allem, was sich auf dem Rollfeld befand, empfindlich gestört würde: Ein Schmetterling flattert aus dem Maul des krepierten Kranichs. Steigt kurz auf, will einen winzigen Augenblick in der Luft verharren. Die Sonne scheint auf die gelben Flügel, so zart, dass man die Äderchen sehen kann. Sie spiegelt sich auf den winzigen Rückenhärchen in seidenem Schimmer. Ein blassgoldener Schein reflektiert sich auf der Terrassenscheibe vor mir.

Meine Nase drückt sich immer noch regungslos an die

Scheibe. Ich will alles in meinem Gedächtnis festhalten. Ein letzter kleiner Flügelschlag, da ist sie schon davongeflattert. Hinein in das Hauptgebäude, in den silbergrauen, eisigen Terminal C aus Stahlbeton. Ein Schmetterling, der sich verirrt hat, hoffentlich lässt ihn die Kälte nicht erfrieren. Ich will alles in meinem Gedächtnis festhalten, doch schon jetzt kann ich mich nur noch an den goldenen Schein auf der Scheibe erinnern. Ein Schein, der umso schwächer wird, je mehr die Scheibe vor mir beschlägt. Ich will alles in meinem Gedächtnis festhalten und halte die Luft an. Nicht ausatmen. Festhalten. Nur noch einen Augenblick. Dann beschlägt die Scheibe völlig, und als ich den Kopf wegnehme, sehe ich den Abdruck meiner aristokratischen Nase. Eine Nase, die gerade ein Stück der Ewigkeit gekostet hat.

Von der Brüstung, auf der ich stehe, hat man einen perfekten Blick auf die Ankunftshalle. Man sieht all die Schalter, an denen sich eifrige Passagiere um billige Tickets schlagen. Man sieht die Würstchenbude, die drei Souvenirshops und das Flughafenrestaurant, wo sich die Passagiere um Würstchen, Souvenirs und Restaurantplätze schlagen. Und man sieht den Ausgang, gleich bei den Treppen zur S-Bahnstation, wo die Hoteljungs, die Fahrer und die Angehörigen sich um die angekommenen Passagiere schlagen.

Und man will mitschlagen. Immer wieder drauf, genau in die Fresse dieser langhaarigen Schnarchnase. Genau auf die dämlichen, aus der Matschbirne heraushängenden Augen mit dem Stalloneblick. Der Unbekannte von Lucas Party. Was macht dieser Penner hier? Und warum umarmt er Luca? Und warum küsst er sie nur auf die Wange und steckt ihr nicht gleich die Zunge bis zum Anschlag in den Hals? Dem Schmetterling mit dem blassgoldenen Schimmer.

Die Drehtür lässt noch einmal die kleinen Flügel tanzen

und dann sind sie nach draußen verschwunden. Ich würde sie gerne verfolgen. Jagen. Bei Hundertachtzig von der Autobahn drängen, aber ich habe nur ein labbriges S-Bahnticket in der Tasche, weil ich meinem Bruder das Auto geliehen hab.

6

Das Böse

Da, wo die S-Bahn unterirdisch wird, beginnt das Reich von Axel dem Bösen. Wenn man in stiller Monotonie durch die Tunnel und Schächte rattert, dann ist die Gefahr groß, dass man dadurch ermüdet, abgelenkt wird. Und man vergisst an jeder Station zu schauen, wer alles an den Gleisen steht, um noch in letzter Sekunde durch die zugehenden Türen auf den rettenden Bahnsteig zu springen. Wenn man das also alles vergessen hat und noch dazu einen schlechten Tag erwischt, dann baut sich plötzlich einer von den Kollegen vor einem auf und jault intelligente Gesprächseröffnungen wie »Schau mal an, wen wir da haben« in die dumpfe Symbiose aus wackelnder Maschine und ins Leere starrenden Fahrgästen. Und dann ist der Tag gelaufen. Oder noch besser: Axel steht persönlich vor einem. »Ich möchte mich neben dich setzen«, sagt er dann. Höflich, wie er in seiner stumpfen Einfältigkeit glaubt, und erwartet tatsächlich von dir, dass du den Rucksack vom Sitz neben dir nimmst. Er erwartet, dass du seine Höflichkeit erwiderst und ihn mit einem freundlichen Lächeln ansiehst. Er erwartet, dass du mit einem Kopfnicken auf den Platz deutest, mit einem Blick, der etwas sagen soll wie: Klar, ich habe ja nur auf dich gewartet. Es ist mir eine Ehre, dass du neben mir sitzen möchtest.

Aber dein Blick sagt: »Wenn du jetzt alleine wärst, und wenn ich in meinem Leben schon jemals jemanden geschlagen hätte, dann würde ich die Haltestange, an der du dich gerade festhältst, aus der Verankerung reißen, sie dir bis zum Anschlag in deinen Hintern jagen und dich dann aus dem Fenster halten, dich am Stahlbeton der Tunnelschächte in Form einer gelbroten Blut-Eiter-Schleimspur verteilen, mit der glühenden Stahlstange im nächsten U-Bahnhof unter den Blicken der erheiterten Menge einlaufen und deine noch dampfende Rosette von der Stange ins Publikum schleudern.«

Ich nehme also meine Tasche beiseite, und Axel setzt sich neben mich, die emotionale Aufgewühltheit meines Blickes ignorierend.

»Wie geht's denn so? Lange nicht gesehn.«

Oh, Klasse, ich freue mich schon jetzt auf das Niveau unserer Unterhaltung.

Das mit Axel ging schon eine ganze Weile so. Vor einem Jahr hatte es angefangen, auf der Bärenwiese. Das ist eine Wiese im kleinen Park am Ende meiner Straße, wo wir im Sommer häufig abhängen. Er war da mit seinen Kollegen aufgelaufen und hatte uns zum Kicken herausgefordert. Aber wir waren im Training, und so bekam er ganz schön auf die Kappe. Die Verlierer mussten natürlich einen Kasten ausgeben, und als Axel wiederkam, hatte er einen Kasten Diebels dabei. Das war mir schon ziemlich sympathisch, und als wir später, durch die Sommerhitze schon mächtig angetrunken, über Fußballvereine gelabert haben, gestanden wir uns beide, dass wir Mönchengladbach-Fans sind.

Das mag vielleicht ein wenig albern klingen, aber, liebe und wunderbare Geschöpfe weiblicher Natur, die meisten Jungs verstehen, wovon ich rede. Wenn man mit jemandem säuft, der die gleiche Lieblingsmannschaft u n d das gleiche Lieblingsbier hat, dann ist das schon fast wie Blutsbrüderschaft.

Gleich am nächsten Tag habe ich gemerkt, dass ich Axel auf

keinen Fall als Blutsbruder wollte, aber da war es schon zu spät. Er hatte sich vorgenommen, mir ewige Freundschaft und Loyalität entgegenzubringen, und falls ich das nicht wollte, dann eben mit Gewalt.

Axel und die Kollegen sind Asos. Sie leben von kleinen Schweinereien, und das kann auch mal bedeuten, sich an die Grundschule zu stellen und armen, tornisterbepackten Würstchen die Taschen auszuräumen, um ihnen ihre Kohle zu zocken. Das sollten meine Freunde werden, hatte Axel beschlossen, und so raunte er mir damals zu, als wir uns am Tag nach unserm Fußballspiel zufällig an der Bushaltestelle trafen: »Du setzt dich neben mich.«

Was ist los? Was hat der gerade zu mir gesagt?

»Äh, was hast du gerade gesagt?«

»Setz dich neben mich, ich muss dir was erzählen.«

Axel ist blöd im Kopf. Das habe ich erst in nüchternem Zustand bemerkt, eben damals, im Bus. Er hat mir erzählt, dass er von mir geträumt hat.

»Hör jetzt ja gut zu, denn so etwas habe ich noch zu niemandem gesagt«, hat er mir ins Ohr geflüstert. Ich bekam Angst.

»Du gehst mir seit gestern nicht mehr aus dem Kopf«, hörte ich ihn brabbeln. »Ich bin nicht schwul, hey, denk nicht, dass ich schwul bin, ich habe an jedem Finger 'ne Braut und die kriegen es alle auch richtig schön besorgt, mit allseitigem Spaß bei der Sache. Aber bei dir, da hatte ich ein ganz komisches Gefühl. Es war Vertrauen auf den ersten Blick. Wir sind seelenverwandt, weißt du. Wir sind Freunde, die füreinander bestimmt sind. Ich würde sogar sagen, dass ich eine Art Liebe zu dir empfinde. Du kannst dir vorstellen, wie schwer es mir fällt, das zu sagen. Hey, denk bloß nicht, ich bin schwul. Eine Art Bruderliebe. Du würdest alles für mich tun, das spüre ich.

Und ich für dich. Ich würde für dich mein Leben riskieren«, zischte er mir ins Gesicht, und dann lehnte er sich zufrieden zurück. Ja, so ist das, so gut bin ich zu dir, sagte sein Gesichtsausdruck, du kannst stolz sein, einen Freund wie mich zu haben.

Ich sagte gar nichts. Ich starrte ihn nur ungläubig an. Den werde ich nie mehr los, durchzuckte es mein Hirn. Der wird dir jetzt die nächsten sechzig Jahre hinterherlaufen, will dein Trauzeuge werden, gleichzeitig Patenonkel und Patentante deiner drei Kinder und, wenn alles vorbei ist, wird er deinen Sarg aussuchen und die Musik für die Beerdigung bestimmen.

Und wenn du nur ein Wort dagegen sagst, dann wird er dich, deine Frau und deine Kinder erwürgen, in Stücke sägen und verbrennen und für euch ein Familiengrab aussuchen und auch die Musik für die Beerdigung bestimmen.

Irgendetwas in meinem Kopf sagte mir, dass ich, wenn ich diesen Schicksalsverlauf noch abbiegen wollte, jetzt etwas zu sagen hatte, was ihn so tief verletzte, dass ich für immer sein größter Feind wurde. Ich kannte diese Typen. In ihren beschränkten Hirnen gab es nur diese zwei Möglichkeiten: Blutsbruder oder Todfeind. Ich musste etwas wirklich Krasses sagen, um einen alle Liebe tötenden giftigen Pfeil durch seine dumpfe Wahrnehmungshülle in sein Herz zu jagen.

»Eh, Axel, hör mal. Ich weiß das sehr zu schätzen, mit der …«

Er schoss wieder zu mir herüber: »Halt, sag nichts. Ich weiß, wie du dich fühlst. Mir ging es gestern genauso. Du möchtest mich umarmen, du möchtest die ganze Welt umarmen. Du fühlst dich endlich zu was nütze. Sag es nicht. Freunde verstehen sich allein über ihre Blicke. Lass uns nie wieder darüber sprechen. Lass uns die Freundschaft still in unserem Herzen tragen.«

Ja, genau das fühle ich auch.

Mann, du musst hier sofort raus!, schrie es in mir. Ich konnte nicht länger neben ihm sitzen, mein ganzer Körper sträubte sich gegen seine Anwesenheit. Aber vorher musste ich ihm wirklich sagen, dass diese Nummer mit mir nicht läuft. Und zwar deutlich. Geradewegs in sein Gesicht mussten die alles zerstörenden Worte geschleudert werden. Gegen seine dicke, zweimal gebrochene Nase, die ihn für Frauen so verwegen machte. Gegen seine Wangenknochen, die so kantig waren, dass sie wohl mal aus einem Roboter ausgebaut und implantiert worden waren. Ein neuer Angriff Richtung Pathosmaschine.

»Eh, Axel, hör mal ...«

»Ich habe dir doch gesagt, du sollst die Fresse halten! Das darf man nicht zerreden!«, brüllte mir die Pathosmaschine ins Gesicht.

Die anderen Fahrgäste drehten sich nach uns um.

Ich wollte nicht mehr. Die Show wurde mir zu viel.

Sehnsüchtig starrte ich zur Bustür. Als sie an der nächsten Haltestelle aufging, sprang ich von meinem Sitz, um den Rückzug anzutreten, aber Axel hatte mich durchschaut.

»Seelenverwandte verstehen sich allein über ihre Blicke«, schien die Oma vor mir höhnisch zu denken, als mich Axel an meinen Platz zurückschleifte.

Ich gab auf. In stiller Resignation setzte ich mich wieder neben ihn, starrte aus dem Fenster, und meine Gehirnkapillaren wiederholten ständig: Zur Beerdigung möchten wir »Eject« von Senser. Das musst du ihm noch rechtzeitig sagen.

»Du kommst mit zu mir, was vortanken. Und danach gehen wir auf Lucas Party.«

Die Böse Macht des Universums reisst mich aus den Gedanken. Wie damals im Bus sitze ich also wieder neben meinem Lehnsherren und werde unterdrückt, erpresst und an der Ausübung meiner jugendlichen Sorglosigkeit gehindert.

»Ich geh nicht zu Lucas Party«, lüg ich ihn an.

»Och, bitte«, er sieht mich an wie ein Kind. »Ich will nicht einfach so da aufkreuzen. Die kennt mich doch gar nicht.«

»Mich danach auch nicht mehr«, sag ich leise zur Notbremse.

»Was?«

»Jaja, schon gut. Machen wir.«

Es ist erst zwei Tage her, dass ich Axel ins Gesicht gespuckt habe. Es sollte der finale Befreiungsschlag werden. Die Kündigung der Freundschaft. Ich hab erwartet, dass er mich zusammenschlägt, mir die Nase bricht, mich zu seinem Ebenbild macht. Und was ist passiert? Nichts. Locker hat er sich die Rotze abgewischt und keinen Ton gesagt.

Vielleicht hat er es vergessen. Oder er ignoriert es einfach. Mir kommt der Gedanke, dass ich mir vielleicht alles bei ihm erlauben kann. Vielleicht ist er dem verblödeten Gedanken von Freundschaft derart aufgesessen, dass ich mich richtig daneben benehmen kann. Ihn ausnutzen, für meine Zwecke einsetzen und danach eiskalt abservieren. So, wie die Frauen es immer mit mir gemacht haben.

Vielleicht wird er auf den Knien angekrochen kommen und heulend, mit großen Augen fragen: »Magst du mich denn nicht?« So wie ich es immer bei den Frauen gemacht habe. Vielleicht bin ich hier der Lehnsherr und er der Knecht.

All diese Gedanken gehen mir durch den Kopf, als Axel plötzlich sagt: »Und, bei aller Freundschaft, wegen vorgestern reiß ich dir noch den Arsch auf. Oder vielleicht lass ich dein kleines Schwänzchen abschneiden, damit du mir endlich glaubst, dass ich nicht schwul bin.«

Ich frage mich, warum dieser Mensch so ein unreflektiertes Verhältnis zur Gewalt hat. Und warum er es gerade an mir auslassen muss. Und dann springe ich vom Sitz, quetsche mich in letzter Sekunde durch die sich gerade schließende S-Bahntür und stehe auf dem überfüllten Bahnsteig. Und Axel steht hinter mir. Die Kollegen fahren mit verstrahltem Blick an uns vorbei in die ewige Nacht der Tunnel. Und dann renne ich, was die Schuhe halten.

Ich war schon immer ein guter Läufer, denn schon auf der Grundschule hab ich die wichtigste Regel im Leben kapiert: Lauf weg, wenn's brenzlig wird. Gut, Axel ist vielleicht nur zwei Meter hinter mir, und mir kommen ständig Leute entgegen, aber er wird mich nicht einholen. Ich schleudere ihm ein paar ahnungslose Omas und Schulkinder in den Weg, und unser Abstand vergrößert sich. Weil Das Unsagbar Böse mir unentwegt unsägliche Schimpfwörter hinterherbrüllt, gerät er zudem außer Atem, und ich bin ihn los.

Zumindest, bis ich zur Rolltreppe komme. Ich rutsche in einer 180°- Drehung aus und dengel mit dem Kopf voll gegen das Rolltreppengeländer. Als ich wieder zu mir komme, merke ich, wie ich langsam nach oben, gen Himmel schwebe. Wie von unsichtbarer Hand getragen seh ich Wände diagonal an mir vorüberziehen, Menschen, sogar eine ganze Fußballmannschaft. Das wird sie wohl sein, meine letzte Reise, denke ich. Schade, an so einem schwachsinnigen Sturz sterben zu müssen.

Und dann seh ich, dass neben mir Axel schwebt und begreife, dass ich mich wohl mit letzter Kraft auf die Rolltreppe gehangelt hab.

Als ich dann zum zweitenmal zu mir komme, fliegen die

Menschen vertikal an mir vorbei. Ich liege seitlich vor einem Fahrkartenautomaten, keine Stelle des Körpers tut nicht weh und ich hab noch Axels Worte im Ohr: »Fahr nach Hause und mach dich sauber. Ich hol dich um elf ab.«

Ich fasse den Plan, bis spätestens elf das Land verlassen zu haben.

7

Kondome und Familienleben

Ich komme also nach Hause mit meiner ramponierten Fresse und stelle mich als erstes vor den Spiegel, um meine Stirn zu begutachten. Ich habe keine Ahnung, warum bei mir immer alles auf den Schädel geht. Die anderen brechen sich die Beine, schneiden sich die Hände auf oder kriegen Schläge in die Magengegend, bis sie ihre Gedärme auskotzen, doch bei mir kann man sicher sein: wenn ich's abkriege, dann richtig, und zwar immer in die Fresse oder auf eine andere Stelle meines ehemals wohlgeformten Kopfes, den ich, nebenbei bemerkt, schon irgendwie als mein wichtigstes Körperteil betrachte.

Wie immer, wenn's um was geht, ist natürlich nichts zum Desinfizieren da. Beim Wühlen in der Salben-Pflaster-Kiste stoße ich auf ein Päckchen Kondome, das meine Mutter mal gekauft hat. Für mich. Für den Notfall. »Auch daran muss man ja jetzt denken«, hat sie zu meinem Vater gesagt, und der hat ernst genickt.

Das war vor fünf Jahren.

Ich suche also etwas zum Desinfizieren und stoße auf ein Fläschchen Betaisodona. Aber das ist seit drei Jahren abgelaufen, und ich habe keine Lust, mir dieses braunrote Zeug ins Gesicht zu schmieren, das sieht völlig bescheuert aus.

Also die harte Tour: Ich nehme ein nasses Handtuch und versuche die Wunde irgendwie auszuwaschen. Es brennt, als ob mir jemand die Adern an den Schläfen rausreißen würde, und ich höre mich durch meine zusammengebissenen Zähne zischen: »Nichts bereuen. Nichts bereuen. Nichts bereuen ...«

Die Worte klingen noch nach, als ich mich im Wohnzimmer von den Spielern verabschiede. Wieso zum Teufel hab ich das gesagt? Ich habe ja schon angedeutet, dass ich meinem Gehirn einen leichten Hang zum Verrücktwerden unterstelle. Vor allem seit damals, seit meinem Barhocker-Backside-Air-Tailgrab-to-Desaster auf Lucas Party.

Nichts bereuen.

Hab ich das wirklich gesagt? Warum zum Teufel gibt es eigentlich im Gehirn keine Rückkopplung, wenn man spricht? Ich mein, man hört sich selbst beim Reden zu. Jeder anständige Verstärker fängt in so einem Fall zu kreischen an. Kreischt es vielleicht doch beim Sprechen? Hallo?

Der erneute Sturz auf meinen Schädel sollte mich mehr mitnehmen, als ich damals dachte. Es tut den Gehirnzellen nicht besonders gut, wenn sie immer zusammengestaucht werden. Ich mache mir generell ziemlich viele Sorgen um diese kleinen Dinger, die sich da in meinem Kopf tummeln. Ich hab mal gelesen, dass man bei jedem Vollrausch ein paar Millionen davon zerstört. So besonders viele können also bei mir nicht mehr vorhanden sein, und das macht mir manchmal ein bisschen Angst. Wahrscheinlich renne ich in ein paar Jahren rum wie ein alter italienischer Boxer, der durch den Übungsring taumelt, aus allen Löchern sabbert und nur noch Pasta und ficcare sagen kann.

Ich verabschiede mich also von den Spielern, das sind meine Eltern und Eike und Heike, das Topduo, beim gemeinsamen Scotland-Yard-Vergnügen.

Mein Bruder heißt Eike und hat zusammen mit seinem Studienplatz eine unheimlich bescheuerte Freundin namens Heike erworben. Hat sich sozusagen bei ihr eingeschrieben. Ich kenn Heike schon sehr lange. Selten so eine spießige Zicke erlebt, aber sie ist mit körperlichen Vorteilen ausgestattet, die es einem ein bisschen leichter machen, meinem Bruder zu verzeihen.

Mein Bruder ist ein großer Künstler. Er malt, zeichnet, hämmert Skulpturen und hat sogar Erfolg damit. Er verkauft. Und das nicht zu billig. Alle, einschließlich er selbst, sind der Meinung, dass sie es mit einem großen Künstler zu tun haben. Einem großen Künstler, der sonntags zu den Eltern nach Hause kommt und mit seiner Freundin als Topduo Eike und Heike für ungemeine Heiterkeit in der Kaffeerunde sorgt.

Meine Oma sagt zum Beispiel: »Wie sieht denn euer Vorgarten wieder aus, das ist ja schrecklich, man muss sich ja fast dafür schämen! Als ich mit Walter, Gott hab ihn selig, noch hier gewohnt habe, hat das nie so ausgesehen.«

Mein Vater sagt zu seiner Schwiegermutter: »Du wohnst hier aber nicht mehr, und deshalb kann es dir egal sein, außerdem gibt es Wichtigeres als unseren Vorgarten.«

Meine Mutter sieht Hilfe suchend zu meinem Bruder, und der sagt: »Wenn ihr jetzt streitet, dann wohnt ihr bald alle nicht mehr hier.« Und hebt drohend die Faust. Oder er sagt etwas, das ähnlich bescheuert ist. Alle lachen, froh darüber, dass der Familienkrach gerade noch mal abgewendet werden konnte. Dann läuft mein Bruder zur Höchstform auf. Er reißt eine Zote nach der anderen, eine schlechter als die andere, und alle liegen vor Spaß jauchzend auf dem Tisch und halten sich die Bäuche.

Ich denk dann immer: Mann, du bist Künstler! Schneid dir ein Ohr ab oder mach sonst was Vernünftiges. Aber was macht er? Er fährt mit dem Taxi zum Trafalgar Square. Heike, fahr du zum Paddington-Bahnhof, in zwei Zügen muss er sich wieder zeigen. Hallo, Mister X, heute schon Kunst gemacht?

Mann, Kunst ist Wut, du Armleuchter! Komm aus deiner verkackten Lethargie, aus deiner scheiß Selbstzufriedenheit und mach mal Revolution statt Brettspiele.

Der einzige richtige Künstler, den ich gekannt habe, ist Dennis. Aber der ist leider auch kein richtiger Künstler mehr. Er hat seine Konsequenz verloren. Früher konnte Dennis 72 Stunden am Tag Computer spielen. Videospiele zocken. Ohne Pause, ohne Schlaf. Er war genügsam. Pizza, Cola, keine Diskussion. Fresse halten, stieren Blick, und los geht's. Das ist Kunst.

Wieviel Ausdruckswillen, wieviel angestaute Wut, wieviel Verzweiflung muss man haben, um das durchzuhalten? Kunst ist Konsequenz. Und die hatte Dennis. Aber er war ein stiller Künstler. Er hat es nie nach außen getragen. Er ist deshalb auch nie berühmt geworden. Schade drum. Irgendwann hat er angefangen zu kiffen, und dann war es vorbei. Aus, Ende. Vielleicht war es auch das Ausbleiben des Erfolgs, was ihn mürbe gemacht hat. Vielleicht hat er im Stillen immer gehofft, entdeckt zu werden.

Heute schafft er an guten Tagen gerade mal 13 oder 14 Stunden. Das ist lächerlich. Da kann man keinen Blumenpott mit gewinnen.

Mir fiel Axel wieder ein. »Vortanken« bei ihm, hatte er gesagt. Und um elf abholen. Da war er bei mir an der falschen Adresse. Ich hatte wirklich genug von ihm für heute. Ich würde mich um zehn schon verpissen.

8

Der Neid der geistig Armen

Die Tüte ging rum, als wäre sie ein Mikrofon. Jeder, der daran gezogen hatte, durfte ein paar Worte ablassen. Nach jedem Zug gab es eine andächtige Pause, und dann ließ der, der dran war, ein paar Worte in Form von kleinen Bläschen über die Lippen blubbern. Gelbbraune Eiterbläschen, schmierig und glitschig und hochbedeutsam. Der Halbkreis aus schwachmatischen Generationskollegen, der sich in der hinterletzten Gartenecke dieser phänomenalen Party eingefunden hatte, sah aus wie ein kleiner, giftiger Tümpel, aus dem diese Blasen emporstiegen und die Luft verpesteten.

»Ihr seht aus wie Massenarbeitslosigkeit«, rügte ich den Tümpel, aber der nahm sich nichts von meiner fundierten Kritik an.

»Was ist eigentlich los mit dir? Nie rauchst du einen mit.« Peter war am Dope-Mikrofon. Steck dir dein Mikro doch in den Arsch, wollte ich zu ihm sagen. Aber das hätte ihn wohl überfordert, also sagte ich einfach: »Leck mich.«

Ja, ja, Peter, komm schon, gib's mir, nöl mich voll: »Siehst du, das meine ich. Du bist total unentspannt.«

Oh Mann. Wie ich auf diesen Satz gewartet hatte. Aber er hatte vollkommen Recht. Ich war unentspannt. Ich saß jetzt seit einer Stunde auf dieser beschissenen Ex-Abiturienten-Party und wollte jedem, der ein Wort sagte, es ihm gleich wieder quer durch die linke Augenhöhle in sein vermanschtes

Gehirn zurückstopfen, an den Ort, wo es hergekommen war und wo es keinen weiteren Schaden anrichten konnte. Ich wäre gegangen, wenn ich wenigstens einmal die Gastgeberin getroffen hätte. Doch die ließ sich nicht blicken. Ich hasse es, auf eine Party zu gehen, ohne ein einziges Mal denjenigen zu sehen, der mich eingeladen hat. Zumindest dann, wenn diese Person mir schlaflose Nächte und Selbstmordpläne beschert. Also musste ich mich weiter mit diesen Leuten herumschlagen und dazu brauchte ich Argumente: »Und ihr seid einfach nur lethargische Arschlöcher.«

Die schönsten Schimpfwörter sind immer noch die mit »Arsch« drin. Das ist für mich Inbegriff ästhetischer Vulgärsprache.

Paul war am Mikrofon. Kunstpause und dann: »Mann, wir sind einfach zufrieden.«

Ja, Zufriedenheit und Glück. Bei jeder lächerlichen Straßenumfrage für Allegra das höchste Ziel der Menschen im ausgehenden 20. Jahrhundert.

»Zufrieden womit, ihr Arschkriecher?«

Da war es wieder, mein Lieblingswort.

»Zufrieden mit eurem Scheißleben in diesem Scheißkaff? Als Scheißlehrlinge in einer Scheißapotheke? Scheiße, Mann, ihr verschissenen Arschlecker.«

Peter bekam das Mikrofon, zog, sammelte seine Gedanken, wartete, bis die Spannung ins schier Unermeßliche gestiegen war. Er hatte eine Topantwort in petto, das war allen klar:

»Genau. Scheißzufrieden.«

Irres Gelächter. Publikumsliebling. Ein Verein von durchgeknallten Idioten. Wie konnte man so etwas lustig finden?

Mikro wieder an Paul. Zweiermoderation:

»Und du? Du bist für was Besseres bestimmt?«

Ja, bin ich. Aber dir antworte ich nicht.

Dennis tut es. Mein bescheuerter, degenerierter bester Freund und Ex-Künstler Dennis. Wenn Dennis bekifft ist, und das ist er nach zwei Zügen, dann kann man sich nur noch wünschen, dass er irgendjemand anderes zum Reden findet, am besten eine Gartenlaterne oder den Grill.

Aber beides war zu weit weg, und so plärrte er ohne Mikro in den Saal:

»Es ist wegen dem Schreiben.«

Grundgütiger. Allmächtiger. Bitte, eine Gartenlaterne, und zwar gleich, direkt vor seinen Schädel und den Grill dazu.

»Dennis ... Halt die Fresse.« Ich musste wieder den Furcht einflößenden S-Bahnblick von heute Nachmittag zum Einsatz bringen.

Darauf Peter zu mir:

»Nee, nee. Lass den Dennis doch mal erzählen. Ich will das doch verstehen. Lass ihn mal.«

Lass ihn mal? Lass ihn mal? Seid ihr jetzt alle durchgeknallt? Der erzählt hier gar nichts. Aber statt loszubrüllen, was sicher besser wäre, gehe ich die drei Schritte zum Teich, um die Penner nicht mehr sehen zu müssen.

»Dennis, sag am besten nichts mehr«, knurre ich leise, mehr zu den tosenden Wogen aus Teichfolie vor mir als zu dem Zombiehaufen hinter mir. Und die Wassermassen teilten sich vor ihnen, und sie zogen durch das Meer, und dann schlugen sie wieder zusammen, und sie ertranken mit Mann und Maus, und Gott war sie endlich los. Oder so ähnlich.

»Ich sag doch gar nichts«, rülpst Dennis.

Und dann, als gäbe es keine Freundschaft zwischen Männern, als wäre die Blutsbrüderschaft ein seit Jahrhunderten bestehendes Gerücht, ein Irrglaube der modernen Wissenschaft in Bezug auf die menschliche Evolution:

»Er hat Schiss, dass er sich seine Kreativität wegraucht. Er glaubt, dass er dann zu einem lethargischen, selbstzufriedenen Arschloch wird.«

Bingo, wenigstens hast du es kapiert.

»Kunst ist Wut«, zische ich leise in die Surf-Szene aus dem ersten Testament vor mir. Moses macht gerade einen grandiosen Cut-Back auf einem 6.5er Short-Board mit verdammt viel Spray. Aber klar, das mit der Wut, das versteht von denen keiner.

»Was?«, meldet sich irgendein zweitklassiger Sängerknabe von hinten. Das Mikro ist schon fast weggeraucht.

»Nichts und Fresse. Ich mache gerade Kunst.«

Zugegeben, mein Wortschatz war an diesem Abend nicht gerade eine sprachphilosophische Revolution, aber dafür unmissverständlich.

»Viele große Künstler haben s t ä n d i g gekifft.«

Peter hatte das letzte bisschen statische Elektrizität aus dem Mikro in Schallwellen umgewandelt. Ich entleerte die zweite Hälfte meiner Flasche in das erste Buch Moses und machte mich auf den Weg, den Grill zu unterhalten.

»Viele große Künstler haben sich umgebracht«, raunte ich Peter noch zu. »Bei dir warte ich drauf.«

Aber er konnte mir leider nicht mehr antworten. Die Energie des Mikros war verbraucht. Was blieb, war lediglich ein glimmender Pappfilter.

9

Grillkunst und Insektentanz

Lothar ist Grillmaster. Ein echter Master of Ceremony. Sein Lieblingssatz lautet: »I am the MC of Barbecue.« Bei jeder angekündigten Sommerparty war unsere erste Frage: »Wer macht den Grillmaster?« Und wenn die Antwort »Lothar« war, dann konnte man davon ausgehen, dass es eine volle Party sein würde. Egal, wie schlecht die Musik war, wie bekloppt der Gastgeber: Wenn Lothar da war, lohnte es sich immer. Hinterher konnte man immer noch woanders hin. Er grillte nicht nur Fleisch, sondern auch Maiskolben, Tomaten und Bananen. Hühnerbrust mit Curry und die besten Koteletts, die man sich wünschen kann. Zu Lothar konnte man nicht einfach sagen: »Lass uns heute Abend mal grillen.«

»Ein Barbecue braucht zwei Tage Vorlauf«, sagte er immer empört, und das Wort »Grillen« war prinzipiell eine Beleidigung für ihn.

»KEINER NIMMT FLEISCH, DASS DER MC NICHT FREIGEGEBEN HAT«

stand auf dem Schild, das er immer an zwei langen Stangen über dem Grill montierte.

Ich nahm mir also an besagtem Abend, ohne zu fragen, eine Thüringer von seinem Rost. Ich war auf Konfrontation aus. Nachdem ich mit meinem Bier die Goldfische geweiht hatte, war ich nämlich eine kleine Runde über die Party geschlendert. Mir war langweilig.

Lothar wurde so rot wie die Glut seiner in zwei Stunden harter Fächelarbeit entzündeten Kohle. Heißluftfön und Spiritus waren seiner Ansicht nach die größten Verbrechen, die sich die Menschen ausgedacht hatten. Er hatte wirklich zwei Stunden lang mit einem kleinen Pappstück die Glut angefächelt.

Ich grinste Lothar an, sprang über den kleinen Busch neben dem Grill und verduftete.

»Ey, ey, ey. So geht das nicht. Du spinnst wohl. Du brauchst gar nicht mehr wiederkommen. Hier kriegst du gar nix mehr«, tönte es hinter mir her. Mir war das egal, ich hatte eh keinen Hunger. Ich nahm mir auf meinem Weg zur Terrasse eine neue Flasche Becks aus dem Kasten, um einen zweiten Rundgang über die Party zu starten.

»Kein Bier aus grünen Flaschen«, sagte Dennis immer. Ich dachte gerade darüber nach, wie verdammt wahr das eigentlich ist, als ich sie sah.

Sie stand an der Terrassentür. Eigentlich schwebte sie davor. Sie erglühte vor dem Schein der Wohnzimmerbeleuchtung wie eine kleine Motte vor einer Straßenlaterne. Da war es wieder, dieses Flattern, dieses Flügelschlagen, die glitzernden Härchen.

Fredl stand bei ihr. Der gute, alte, harmlose Fredl. Ein Typ wie ein Bär. Groß, schwer, gemütlich.

»Dennis reißt dir heute noch den Arsch auf«, flüstere ich ihm von hinten ins Ohr.

Er dreht sich um: »Was ist los?«

»Er ist das Gequatsche Leid, das du über ihn verbreitest.«

Fredl guckt, als hätte ich gesagt, dass morgen die Welt untergeht. »W a s soll ich machen?«

Ich grinse ihn verräterisch an: »Du weißt doch genau, was ich meine.« Und dann leise hinterher: »Alle wissen es.«

Fredl guckt völlig verunsichert. »Ich glaube, der spinnt wohl«, sagt er unsicher. »Ich glaube, ihr spinnt alle.« Und dann verdünnisiert er sich Richtung Bläschentümpel.

Erst jetzt wage ich, der Ewigkeit ins Angesicht zu blicken. »Da hat er wohl Recht«, krächze ich in die Nachtluft, die mittlerweile frisch und zärtlich durch den Garten weht und in ihren Glitzerhärchen spielt.

»Schön, dich wiederzusehen.«

Sie haucht es. Die Worte wehen leise zu mir herüber. Dunkel und blauschwarz schweben sie eine Weile vor mir, dann schleichen sie sich durch mein Ohr in mein Gehirn, in mein Herz, in jede Pore meines Körpers. Ich starre sie an.

Bald wird es ihr peinlich. Sag etwas!

Doch mein Gehirn hat ihre Worte noch nicht verarbeitet. Jede Gehirnzelle prüft sie dreimal. Den Tonfall, die Aussprache, Geschwindigkeit und Musikalität. Wie hat sie das gemeint? Wollte sie noch viel mehr damit sagen? Hieß es: »Ich habe genau so viel an dich gedacht wie du an mich?«

In meinem Kopf rattert es wie in einem Großrechenzentrum. Und wenn nicht langsam etwas passiert, dann hängt sich der Rechner auf. Speicher-Overflow, Endlosschleife, Systemabsturz. Aus. Ende. Vorbei.

Doch da passiert das Unerwartete, das mich rettet: Sie fasst mich an. Streicht vorsichtig über meinen Arm. Nur so. Als ob es nichts wär. Man begegnet sich, streicht einander über den Arm. Alles klar, alte Freunde. Es rüttelt meine Schaltkreise so durcheinander, dass ich wieder halbwegs klar denken kann. Zumindest kann ich wieder sprechen, auch wenn sich meine Stimme anhört wie digital generiert. Unbeholfen sage ich: »Ich hab mir unser Wiedersehen gar nicht so romantisch vorgestellt. Nur wir beide, die Fackeln und der Mond.«

In gelbbraunen Eiterbläschen blubbert der gequirlteste

Schwachsinn, den man in einer solchen Situation von sich geben kann, über meine Lippen.

Sie sieht verlegen auf den Boden.

»Ich hol uns mal 'nen Drink«, sagt sie und flattert davon.

Vielleicht bringt es ja was, wenn mein Gehirn mehr Sauerstoff bekommt, dachte ich. Vielleicht brauchst du nur deine Schädeldecke ein wenig zu durchlöchern, und schon kannst du reden wie ein Buch. Ich wollte gerade Anlauf nehmen und mit dem Kopf gegen die frisch verputzte Hausfassade rennen, als sich mir Knackwürstchenpelle und Seidendessous in den Weg stellten. Ich ahnte schon jetzt, dass dieser Abend eine harte Prüfung werden würde.

Der Rest des Abends ist bekannt. Du erinnerst dich, wir hatten das schon mal: Luca kommt nicht wieder, und während Steffi mir die Ohren vollnölt, sehe ich, wie dieser Typ vom Flughafen wieder auftaucht, Luca ihm mit einem freundlichen Knicks meinen Drink überreicht und die beiden sich in eine dunkle Ecke verziehen. Als auch noch Axel und die Kollegen auftauchen, wird es mir zuviel. Ich muss hier weg.

Und dann steht da wieder Steffi, leckt sich über die Lippen, wackelt mit ihrem Po, schaut mich von unten mit ihren großen, grünen Augen an und fragt: »Bringst du mich nach Hause?« Und ich denke mir so was wie: Der blöde Schmetterling soll schon sehen, was er davon hat. Ich kann auch ohne Insektenviehzeug Spaß haben.

Ich lächle Steffi an, fest entschlossen, an diesem Abend auf alle Vollmond-Liegestuhl-ich-liebe-dich-Konzepte zu scheißen, und wir verlassen die Party. Sie in dem Glauben, endlich meinen sturen Willen besiegt zu haben, ich mit einem Kribbeln im Bauch und der Frage im Kopf: »Heilige Scheiße, bist du dir sicher, dass du darauf die ganze Zeit gewartet hast?«

»Nichts bereuen«, zischt es mir wieder leise durch die Zähne, ohne dass ich wüsste, warum. Ist es nur eine Feststellung, oder ein Aufruf, nur das zu tun, was ich mit meinem Gewissen vereinbaren kann? Kann ich das hier mit meinem Gewissen vereinbaren? Und würde ich jemals meine Klamotten wiedersehen, wenn ich plötzlich und überstürzt den Rückzug aus ihren Schlafgemächern antreten müsste?

10

Christentum

Mir wurde gerade bewusst, dass es schon ein bisschen peinlich war, in einer gelb gepunkteten Unterhose durch die City zu laufen, als, wie sollte es anders sein, mir kurz vor dem rettenden Zuhause zwei Bekannte am Straßenrand auflauerten: Lucas kleine Schwester Maria mit ihrem Vielleicht-Freund Ulli von Frey. Nächtliche Philosophie-Ergüsse unter spätpubertierenden Jugendlichen.

Sie saßen rauchend auf dem Bürgersteig im Schein einer Laterne, als hätten sie die ganze Zeit auf die gelbe Unterhose gewartet. Aber für die beiden werde ich keinen Umweg auf mich nehmen. Mich verstecken, an ihnen vorbeischleichen werde ich erst recht nicht. Sollen sie doch glotzen, nicht mein Problem. Noch nie einen nackten Mann gesehen?

Ich springe also schnell in das Gebüsch, das auf der anderen Straßenseite wächst, und stelle schlagartig fest, dass es sich um eine Dornenhecke handelt. Leise jaulend biege ich die Äste beiseite, um zu überprüfen, ob sie mich gesehen haben. Nein, haben sie nicht. Ich beginne mich langsam durch die Hecke zu arbeiten, wobei ich mir alles aufkratze, was nicht mit gelben Punkten bekleidet ist, und das ist eine Menge. Aber das Gebüsch ist verdammt eng, und ich komme nur langsam vorwärts.

Maria und Ulli haben natürlich mittlerweile bemerkt, dass da etwas vor sich geht, in den Büschen auf der anderen Straßenseite. Es muss für sie aussehen, als ob Yoda im Unterholz eine Horde Yedi-Ritter für die finale Raumschlacht ausbildet, aber egal, so lange sie nicht rüberkommen und nachgucken, ist ja alles in Ordnung. Weit ist es eh nicht mehr, ich bin schon jetzt auf einer Höhe mit ihnen. Nur noch zehn Meter, dann kann ich um die Ecke und für immer in der Nacht verschwinden, denke ich mir, während ich den unüberwindbaren Gitterzaun vor mir abtaste, der mir den Fluchtweg versperrt wie ein eiserner Keuschheitsgürtel die verwelkende Jungfrau.

Ich könnte zurückkriechen und doch einen Umweg auf mich nehmen, aber als ich meine Kratzer begutachte, entscheide ich mich dagegen. Mit Hautabschürfungen an vierzig Prozent der Körperoberfläche kann man noch locker ein paar Tage leben. Bei achtzig wird es brenzlig, wenn die Sonne aufgeht. Also kein Rückzug. Außerdem wäre das kindisch, denke ich und breche wie eine an der Schweinepest erkrankte Wildsau durch das Gebüsch auf die Straße.

Maria schreit, und auch Ulli begreift nicht so ganz, was gerade vor sich geht. Langsam gehe ich auf sie zu, denn einfach verdrücken will ich mich nicht. Wenigstens ein paar lockere Worte, um das Ganze lässig aussehen zu lassen. Jaja, das mache ich nachts immer. Manager-survival-training. Kostet 'ne ganze Stange Geld, so ein Seminar. Die beiden klammern sich ängstlich aneinander. Sie haben mich noch nicht erkannt.

»Maria, ich bin's, dein Sohn Jesus«, rufe ich aus der Dunkelheit, um dann in den Schein der Laterne zu treten und die Mahnmale an meinem Körper zu präsentieren. Nur mein Kopf, der ist noch im Dunkeln, und gegen den Schein der Laterne können sie mich immer noch nicht erkennen. Damit hab ich nicht gerechnet. Das erweitert die Möglichkeiten meines Auftritts erheblich.

»Für eure Sünden schnitt ich mir ins eigene Fleisch«, jammere ich. »Ihr seid es, die ihr mir die Dornen auferlegt habt. Für eure körperliche Begierde wählte ich den Weg des Leidens. Und, Maria, für die Sünden deiner Schwester. Ich habe euch die Liebe gepredigt, und ihr habt auf die Lust des Fleisches gehört. Warum lernt ihr nicht, ihr Ungläubigen. Noch einmal sterbe ich nicht für euch.«

Und während die beiden auf meine Unterhose starren, als wäre ihnen der Leibhaftige erschienen, ziehe ich mich langsam in die Dunkelheit zurück. Zugegeben, Bibelfestigkeit war noch nie meine Stärke, aber ich glaube, das hatten sie nicht bemerkt. Kein schlechter Auftritt, dachte ich mir und ging pfeifend und rundum zufrieden nach Hause.

Noch Wochen später erzählte Ulli diese Geschichte:

Er sei abgemagert gewesen, bis auf die Knochen, und keine Stelle seines Körpers habe nicht geblutet. Auch das weiße Tuch um seine Hüften sei blutdurchtränkt gewesen, und in allen Körperteilen hätten Dornen gesteckt. Aber er habe gesungen beim Weitergehen, und man habe ihn noch nach hunderten von Metern in der Dunkelheit leicht schimmern sehen, als sei ein unsichtbares Licht von ihm ausgegangen.

Einen Monat nach dieser Nacht trat Ulli meine Nachfolge als Hilfsküster der evangelischen Kirche an. Danach schrieb er sich für evangelische Theologie ein und wurde der beliebteste Pastor unserer Gemeinde. Als er mit fünfundsechzig an Herzversagen starb, stand auf seinem Grabstein:

Schon in jungen Jahren hatte er sein Ziel gefunden.
Die Entdeckung des Weges zu Gott war das,
was ihm im Leben die Kraft gab,
Liebe und Geborgenheit
an seine Mitmenschen zu verschenken.
Wir werden dich vermissen, Ulli von Frey.

11

Gedichte

Wenn du ein Wort wärest,
wären meine Lippen zu hässlich, dich auszusprechen.
Wenn du ein Satz wärest,
wär meine Hand nicht elegant genug, dich schreiben zu können.
Wenn du ein Gedicht wärest,
würde ich dich auswendig lernen und nie wieder vergessen,
ohne dich jemals aufsagen zu wollen.

Ich lese meinen geistigen Erguss durch. Es ist mittlerweile drei Uhr nachts, mein zerschnittener christlicher Körper brennt und ich bin nüchtern, wollte aber, ich wär es nicht. Was soll man damit anfangen? Verbrennen will ich es nicht. Vielleicht wird es im Doppelpack ja erträglicher:

Ich will doch einfach nur
mit dir in der Sonne liegen.
Salz zwischen meinen Fingern,
Sand in meinem Haar
und du kraulst mir die Eier,
wie wunderbar.

Besser.

Ich versuche zu schlafen, aber egal, wie ich liege, die Kratzer brennen wie die Hölle. Endlich finde ich eine erträgliche Position: auf dem Teppichboden vor meinem Bett auf dem Rücken liegend, die Knöchel auf der Matratze des Bettes und den rechten Arm auf dem Nachttisch. Zufrieden schlafe ich ein. Kunst ist Wut. Es war ein kreativer Tag.

12

Wundbrand

Fröstelnd und in aller Herrgottsfrühe stand ich auf dem Kirchplatz und wartete auf mein selbstloses Pastörchen. Wusste der Liebe Gott, was ich am Abend vorher getan hatte? Wusste er, dass ich ihm ein neues Schäflein zugetragen hatte, das die nächsten fünfundvierzig Jahre Liebe und evangelischen Glauben predigen würde? Und machte mich das zu einem besseren Menschen, weil ich etwas zum Gemeinwohl beigetragen hatte? Oder war der Liebe Gott einfach nur stinkesauer, weil ich mich als sein Sohn ausgegeben hatte, nur um mein eigenes verkümmertes Selbst zu schützen?

Und warum kam mein Der-Herr-schütze-und-behüte-dich-Chef nicht und ließ mich stattdessen in der Kälte stehen?

Wahrscheinlich musste er noch ein paar unter Fresssucht leidenden präfinalen Mittsiebzigerinnen in ihren verplüschten Krankenzimmern den letzten Segen geben. Da müsste ich bald auch hin, wenn ich es ernst meinte mit meinem Pflegejob. In diese Zimmer, wo man schon an der Haustür riechen kann: Irgendwo in diesem Haus liegt ein alter Mensch und verreckt.

Ich musste mich darum kümmern, überhaupt so einen Job zu kriegen, also ging ich die paar Schritte über die Straße zur Diakonie und klingelte an der schweren, dunkelblauen Eichentür. Der Türsummer schnurrte, aber ich musste mit meinem ganzen Gewicht gegen die Tür drücken, um überhaupt reinzukommen. Die Schwestern hier mussten Oberarme wie Gabelstapler haben.

Vor mir lag ein langer dunkler Flur, und obwohl er offensichtlich kürzlich erst in Weiß und Pastellrosa gestrichen worden war, war es so finster wie in einem Stinktierdarm. Und es roch auch so, vielleicht ein bisschen mehr nach Chemie. Vorsichtig schlich ich den Gang entlang zu der Tür mit der Aufschrift Büro. Klopfen brachte keinen Erfolg, deshalb öffnete ich zaghaft die Tür.

Und da stand sie vor mir. Die Göttin aller Abführmittel, der Engel mit der grünen Kanüle, mein Lieblingsklistier: Meine Schwester Anna. Und ihr erster Blick schien mir sagen zu wollen: Ja, hier bist du richtig, im Reich der verbotenen Schweinereien. Ich zeig dir, wie das geht.

Ich kratzte mich ein wenig am rechten Nasenflügel, nur um überhaupt etwas zu machen, denn an Reden war nicht zu denken. Und weil ich den Arm dazu heben musste, sah sie meinen verkratzten Unterarm.

Schlagartig wechselte ihr Blick von Ich-glaube-ich-sollte-dir-schnell-mal-zeigen-was-ich-im-Bett-drauf-habe zu Zeig-mal-ich-glaube-da-sollten-wir-schnell-was-drauftun-und-dann-ins-Bett-mit-dir.

»Was haste denn da gemacht?« Besorgt strich sie mir über den verletzten Arm.

Ich zuckte bei ihrer Berührung zusammen, nicht nur, weil es wehtat.

»Der Igel ging nicht von der Straße. Ich habe ihn freundlich gebeten, aber er wollte partout einen Streit vom Zaun brechen, da ist es mir zu bunt geworden. Dann hat er zurückgeschlagen.«

Aaaahhhh, mach einen Sprachkurs, studier Literatur oder mach sonst irgendwas, das verhindert, dass du nur noch sprachlichen Blödsinn verbreitest, wenn dich eine Frau ansieht.

Aber sie fand es anscheinend trotzdem lustig.

»Du hast gegen einen Igel verloren?«, grinste sie mich an.

»Naja, ich bin dann über ihn drübergefahren. Konnte ich ja nicht auf mir sitzen lassen«, stotterte ich.

»Na, zeig mal her. Brennt doch, oder?«

»Ich hab zumindest im Kopfstand geschlafen.«

Da hatte ich sie. Sie musste laut loslachen und, weil sie sich gerade runtergebeugt hatte, um vorsichtig auf meine Wunden zu pusten, flogen in ihrem Lachanfall ein paar Spritzer Spucke auf meinen Unterarm. Darüber musste sie noch mehr lachen, und mir wurde so heiß, dass ich dachte: Die Rotze verdampft eh gleich.

Aber bevor das geschah, nahm sie ihren Zeigefinger und begann die Spucke langsam auf meinem Arm zu verschmieren. »Speichel ist ein ganz natürliches Wundheilmittel«, hauchte sie. »Deswegen lecken sich auch die Tiere ihre Wunden.«

Ich spürte, wie sich in meinen Sportschuhen die Fußnägel einmal um die Achse drehten, und ich wusste: Ich will zur Diakonie, ich will alten Menschen helfen und etwas Nützliches machen. Ich will, dass Schwester Anna mir zeigt, wie ein Einlauf geht.

13

Langzeitschäden

Ich will zugeben, dass ich den Rest des Tages orientierungslos in der Sakristei verbracht habe. Zum Glück lag nicht viel an, und mein Allmächtiger bemerkte mein Fehlen nicht. Er dachte, ich würde das Gottesdienstprogramm für Sonntag kopieren. Damit hatte ich auch angefangen, aber irgendwann musste ich feststellen, dass ich nur Rückseiten aufeinanderkopiert hatte, und da dachte ich, wenn schon das Kopieren nicht mehr klappt, dann mach besser gar nichts.

So gegen zwei wurde es mir echt zu langweilig, auf die Buntfenster-Kreuzigungsszene zu starren, ich hatte jedes Detail in meinem Kopf. Jedes Bläschen der schmierigen Scheibenstücke. Es waren gelbbraune Eiterbläschen, die ich irgendwo schon mal gesehen hatte.

Also nahm ich mir das Telefon – es war noch so ein altes, graues mit Wählscheibe – und fing an, 0190er-Nummern durchzutelefonieren. Da es kein Tastentelefon war, musste ich mich mit Voicecommand durch die Menüs kämpfen. Und das machte ziemlichen Krach, weil ich immer »Ja« brüllen musste, damit das Menü mich verstand.

Und deshalb stand auch schon bald der Offenbarende hinter mir. Er fand das offenbar gar nicht so lustig. Er war offenbar stinksauer, denn er teilte mir mit, dass ich am Ende des Monats definitiv rausfliegen würde. Ich würde mich immer völlig daneben benehmen, und das sei jetzt der Gipfel. Außerdem habe sich gerade heute ein junger Mann gemeldet, der einen viel zuverlässigeren Eindruck gemacht habe als ich. Ob ich mich nicht schämen würde, solche Schweinereien in der Kirche zu machen. Doch, ich schämte mich, habe ich ihm geantwortet, das würde ja wohl zeigen, dass ich mich bessern wolle. Außerdem fänd ich es eine Frechheit, dass er meine Telefonate belausche, ich würde ja auch nicht einfach bei seinen Predigten zuhören, die er sonntags in der Gemeinde hält.

So, das schlüge jetzt dem Tauffass den Boden aus, ich solle sofort gehen und nie wiederkommen, hat er gesagt. Und dann hat er angefangen zu brüllen, dass ich nur ja zusehen solle, dass ich am Ende des Monats einen neuen Job hätte, sonst wäre ich nämlich ganz schnell beim Bund, und da ginge es nicht so zu wie hier.

»Ich bin auch beim Bund gewesen und da habe ich gelernt, was es heißt, an Gott zu glauben«, hat mir seine Dreifaltigkeit hinterher geschrien, als ich pfeifend und mit Händen in den Taschen durch das Mittelschiff nach draußen schlenderte und dabei meinen von den Sünden der Menschen gegeißelten Körper zur Schau trug.

14

Flucht

Als ich mit meinem weißen Polo vom Hof fahre, dengel ich an die Schranke, die Ungläubige davon abhalten soll, in das Reich der von Gott Bevorzugten einzudringen. Wenigstens ein ordentliches Abschiedsgeschenk an die Gemeinde. Meinem Polo macht es nichts aus, ein weißer Polo kann durch Beulen nur schöner werden, weil verwegener. Ich gebe ordentlich Gas und beschließe, jetzt kreativ zu werden.

Du wirst den 72-Stunden-Rekord von Dennis brechen und dann sein künstlerisches Erbe antreten, denke ich, lehne mich zufrieden zurück und schließe für einen Moment die Augen, als ob ich heute nicht schon genug kaputtgemacht hätte. Schwester Anna springt im letzten Augenblick von der Straße, ich reiße die Augen wieder auf und sehe gerade noch, wie mein Gefährt die silberne Alubox vom Chinesen überrollt, die sich Anna zum Mittagessen geholt und zum Zwecke des Überlebens fallen gelassen hat.

Wütend starrt sie mich an und kommt zu meinem Seitenfenster gelaufen. Als ich die Scheibe runterkurbel, um Entschuldigungen zu stammeln, erkennt sie mich. Sie bleibt stehen und fängt an zu grinsen.

»Das mit dem Fahren musst du aber noch ein bisschen lernen, wenn du bei uns anfangen willst«, zwitschert sie mir zu, dreht sich lachend um und läuft hüpfend, wie ein kleines Mädchen, zum Eingang der Diakoniestation. Ich merk schon, bei der hab ich einen Stein im Brett, denk ich mir und schneide den hupenden LKW, der mich gerade überholen wollte.

Übrigens, nur noch so viel zum Thema Kirche: Die Gemeinde hat zwei Wochen später bei meiner Mutter angerufen. Es gäb da eine kaputte Schranke, und man hätte auch das Kennzeichen des Vandalen. Das würde jetzt angezeigt, es sei denn, wir wären bereit, eine »freiwillige« Spende von fünfhundert Mark zu zahlen.

Der Herr ist meine Stärke und mein Schild;
auf ihn hofft mein Herz, und mir ist geholfen.

Psalm 28, 7

Das war mein Konfirmationsspruch. Sie würden schon sehen, was sie davon hatten.

15

Kunstmarathon

Dennis war nicht zu Hause. Ich wusste nicht, was ich sonst machen sollte, und deshalb beschloss ich, vor seiner Tür auf ihn zu warten. Es hatte mittlerweile angefangen zu regnen, und ich drückte mich mit dem Rücken gegen die Eingangstür, um von dem kleinen Vordach geschützt zu werden. Ich wollte der Dichtkunst fröhnen und hatte zu diesem Zweck mein Notizbuch aufgeschlagen. Nach einiger Zeit hatte ich etwas Brauchbares zusammen. Gut, es war vielleicht ein wenig pathetisch, aber das waren meine Gedichte fast immer.

Ich las es noch einmal durch, bevor ich ein kleines Schiffchen daraus faltete und es in den Rinnstein der leicht abschüssigen Straße setzte.

Arme Sau

Kein Spaß, kein Geld,
keine Kunst, keine Diskussion.

Kein Anspruch, keine Freizeit,
kein Wille, kein Weg.
Kein Humor, keine Frisur,
kein Verständnis, kein Plan.

Keine Zukunft, Kain und Abel,
latenter Glaube und scheiß Gedichte.

Ich fand, dieses Gedicht hatte es verdient, als kleines Boot die Straße runterzuschippern, um im übernächsten Gully zu verschwinden.

Ich merkte schon, dass es mit meiner Kreativität heute wohl doch nicht so weit her war und wollte gerade abhauen, als Dennis endlich auftauchte. Aber auch er hatte heute keinen Biss, und so waren wir schon nach fünf Stunden und sieben Bier zu ausgelaugt, um den kreativen Pinsel in Form eines Sony-Joypads zu schwingen. Da ich zehn Bier locker wegstecke, konnte ich auch nach sieben noch fahren, überschlug ich schnell.

»Einen im Sinn«, rechnete ich Dennis zum Abschied vor und drückte mich rückwärts durch die Tür in mein Auto.

Ich verbrachte dann die Nacht damit, in meiner Karre vor Lucas Haus zu warten, bis das Licht in ihrem Zimmer ausging.

16

As time goes by

Es war eine Woche vergangen, und meine Wunde an der Stirn war mittlerweile verkrustet. Sie sah ziemlich Furcht erregend aus, und das gefiel mir. Außerdem hatte ich festgestellt, dass, wenn man an einigen Stellen die Kruste abknibbelte, der Effekt noch gesteigert werden konnte. Also stand ich vor dem Spiegel, puhlte an meiner vorderen Hirnrinde, und der Schmerz trieb mir die Tränen in die Augen.

In dieser Woche hatte ich Luca kein einziges Mal gesehen. Die meiste Zeit hatte ich bei Dennis verbracht, der sich extra frei genommen hatte, um mich zu unterhalten und sein Urlaubsgeld mit mir in Bier umzusetzen. Wir saßen vor der Glotze und pupsten in sein Sofa oder spielten Videogames oder bewarfen aus dem Küchenfenster die Passanten mit Erdnüssen. Es war eine herrliche Zeit.

Ich hatte kaum an Luca gedacht, und das fiel mir auf, als ich mich jetzt meinen Schmerzen am Spiegel hingab. Du hast sie zwei Monate nicht gesehen. Jetzt ist sie wieder in der Stadt, und du hast nicht ein Mal versucht, sie zu treffen. Nicht mal in der Schule bist du gewesen, um lässig als Ex-Schüler in der Raucherecke abzuhängen und kleine 16-jährige zu beeindrucken, während du darauf wartest, dass sie auftaucht.

War ich über sie hinweg? Hatte ich nicht öfter als an sie an die süße Speichelheilerin gedacht, die, weil sie es bis zu meinem Dienstbeginn nicht mehr aushielt, bestimmt nachts ihre

Füße in den Ventilator steckte, damit sie von etwas anderem träumte als von mir?

Ich hatte eigentlich an gar nichts gedacht, und das war vermutlich das Schöne an dieser Zeit gewesen, aber jetzt reichte mir das nicht mehr. Ich begann Luca zu vergessen, meine Liebeskrankheit wollte anscheinend abschwellen, und das durfte nicht sein! Ich wollte vierzig Fieber.

Ich musste mir überlegen, wie ich am besten an sie rankam.

Und noch eine Sache war mir aufgefallen. Ich hatte seit einer Woche nichts geschrieben. Nachdem mein letztes Gedicht in den reißenden Fluten der Briller Straße verschwunden war, hatte ich kein Bedürfnis mehr verspürt, ein neues zu schreiben. Sollten doch andere die Stadtwerke mit Schund überfluten, ich hatte beschlossen, dass die Lyrik für mich ein Buch mit sieben Siegeln sein sollte, und zwar jetzt und immerdar.

Ich wollte aber auch nicht ganz aufhören zu schreiben. Dafür machte es, zumindest zeitweise, zu viel Spaß. Wennschon, dennschon, dachte ich mir und schlug die erste Seite meines neu gekauften Notizbuchs auf. Ein Roman. Da konnte man sich austoben. He, mein eigenes Leben war doch interessant genug, ich brauchte nur aufzuschreiben, was mir alles so passierte, und alle würden es lieben. Verlierergeschichten kommen doch immer gut an, und in der Spiegel-Bestsellerliste waren noch ein paar Plätze frei.

Ich habe mit ihr geschlafen. Sie ist der Traum meiner schlaflosen Nächte. Sie ist wie ein kleiner Schmetterling, der durch die Felder tanzt, gelb, mit schimmernden Nackenhärchen, und ich habe mit ihr geschlafen.

Ich las mir den Schwachsinn durch und ging erst mal pinkeln. So ging das nicht. Ich wusste schon nach drei Sätzen nicht weiter. Die Wörter gingen mir aus, die Gedanken ebenso. Was passiert dann? Wie fühlt man sich überhaupt, wenn man mit jemandem geschlafen hat? Ist nach einer Woche alles wie immer oder schon nach einem Tag? Oder nie wieder?

Ich heiße Daniel, bin 19 Jahre alt und bin ein Toptyp. Ich bin jung, dynamisch und die Mädels rennen alle hinter mir her, bis auf eine, aber die krieg ich auch noch. Und wie, das will ich euch jetzt erzählen.

Zweiter Versuch auch gescheitert. Mit einer großen Kanne Kaffee der dritte Anlauf.

Ich heiße Daniel, bin 19 Jahre alt und ein Versager. Ich bin allein, hasse mein Leben und kann nichts, was mich auch nur ansatzweise befriedigen und meinen Mangel an Liebe ersetzen könnte. Am wenigsten kann ich schreiben.

Das war jetzt wenigstens ehrlich, aber ich war mir nicht sicher, ob die Leute ihre eigene Armseligkeit wirklich in anderer Leute Bücher wiederfinden wollten. Außerdem hatte ich keine Lust, noch dreihundert Seiten so weiterzuschreiben.

Für die erste Seite meines Notizbuchs hatte ich den halben Tag gebraucht und dann alles durchgestrichen. Eigentlich wollte ich heute zum Kreiskirchenamt, meine Versetzung zur Diakonie beantragen, aber das hatte ich über meinen plötzlichen Ausbruch von Erzählwut geschickt verdrängt. Der Tag war jedenfalls über die Bühne gegangen, ohne besondere Notiz von mir zu nehmen. Das frustrierte mich, und mir blieb nur noch übrig, in meinen Wagen zu klettern und die halbe Nacht sinnlos über die Landstraßen zu preschen. Um zwei lag ich in meinem Bett, und gerade als ich einschlief, briet ein lauter Höllenblitz durch mein Kleinhirn und erweckte Zellen, die ich schon lange verloren geglaubt hatte, zu neuem Leben.

Ich wusste, wie mein Roman anfangen sollte. Ich hatte den gesamten Prolog im Kopf und eine dumpfe Ahnung, wie das erste Kapitel begann. Ich fiel mit meinem Kuli über das arme Notizbuch her, dass es nur so rauchte, und schrieb bis zum Morgengrauen:

Kein Liebesbrief
Um es kurz zu machen: Komm bloß nicht auf die Idee, das hier für einen Liebesbrief zu halten …

Den Rest kennt ihr ja.

Zufrieden legte ich das Notizbuch unter mein Kopfkissen und schlief in der Morgendämmerung ein. Ich wusste schon, was mein Lieblingsspruch in der nächsten Zeit werden sollte: »Auch du kommst in mein Buch, Ungläubiger!«, murmelte ich genüsslich und war weg.

17

Feuerwehr und Bettgespräche

Ich schlief den ganzen nächsten Tag durch, und als ich abends aufwachte, hatte ich einen ziemlich eigenartigen Traum vor Augen. Und das war sonderbar, denn ich träume sonst nie, oder erinner mich zumindest nicht. In diesem Traum war ich nachts auf der Autobahn unterwegs, mit meinem blöden Polo, und fuhr am Limit, schneller ging einfach nicht mit fuffzig PS. Ich musste dringend irgendwohin, und um mich herum war nur Finsternis. Flaches Land ohne Häuser, ein paar Bäume, ein paar Büsche, die man gerade noch schemenhaft erahnen konnte. Hinter mir am Horizont waren die Lichter eines LKWs zu sehen. Er hielt schon seit über einer Stunde den gleichen Abstand, ich wusste nicht, wie das ging bei hundertvierzig. Mir war schon seit geraumer Zeit kein Auto mehr entgegen gekommen, und es war, als gäbe es nur noch mich und den LKW auf dieser Welt.

Und dann sah ich es: Am Horizont, halb rechts vor mir, zeichnete sich eine riesige Rauchwolke in der Dunkelheit ab. Es brannte etwas dort, und die Rauchsäule wurde vom Feuer beleuchtet, so dass sie dunkelrot und bedrohlich in den Himmel emporstieg. Ein oberes Ende gab es nicht, denn die Schwaden verschwanden im nächtlichen Nichts. Ich wusste sofort, was immer dort brannte, es musste riesig sein. Und noch eins wusste ich: Ich fuhr direkt drauf zu. Selbst wenn es momentan weit rechts von mir war, selbst wenn die Autobahn gerade einen Bogen machte und durch die Kurve die Rauchsäule jetzt plötzlich links war, wusste ich, dass ich dem rotschwarzen Rauch langsam aber sicher immer näher kam. Es gab keine Ausfahrt, auch keinen Rastplatz und ich hatte panische Angst davor, stehen zu bleiben. Ich wusste, dass, wenn ich anhalte, der LKW mich überrollen würde. Mir blieb nichts anderes übrig, als weiterhin Vollgas zu geben und abzuwarten, was mich dort empfing. Ich raste eine ganze Weile so weiter, und der Rauch schien immer massiver zu werden. Dann war da plötzlich nur noch eine gerade Strecke vor mir, mit einer leichten Steigung, und ich wusste, nach dieser Kuppe blickst du genau hinein, in dein Schicksal.

Ich raste auf die Bergkuppe zu. Der Qualm türmte sich schon über mir auf wie ein Atompilz, und es wurde immer wärmer, die Hitze des Feuers strahlte bis ins Auto hinein. Ich bretterte über die Anhöhe, der Wagen hob leicht ab, so schnell war ich. Dann senkte sich die Motorhaube wieder, und ich blickte direkt …

… in das Gesicht von Luca, die an meinem Bett stand und mich fragend ansah. Dann lachte sie laut los. Ich hatte keine Ahnung, was abging. War das jetzt der nächste Traum? War sie die LKW-Fahrerin? War es wirklich Feuer, das da gebrannt hatte oder vielleicht mein Herz? Solche und ähnliche Fragen schossen durch meinen Kopf, als sie sich auf mein Bett setzte.

»Schlecht geträumt, was?« Sie lächelte.

»Auch das«, würgte ich mit einer Bleizunge von irgendwo hinter den Mandeln hervor. Ich wollte mich nur schnellstens auf den Bauch drehen, damit sie meine Morgenlatte nicht sah. Wieso hatte ich die überhaupt? Erotisch war mir der Traum im Nachhinein kaum vorgekommen. Das Problem war nur, dass es völlig unsinnig gewesen wäre, sich jetzt auf den Bauch zu drehen. Es gab einfach keinen Grund dafür, und genau deshalb würde mich diese Aktion verraten. Das war nicht gut, wenn man den lässigen Künstler spielen wollte. Ich krümmte mich also seitlich zusammen und versuchte, das Monster unter Kontrolle zu halten. Währenddessen stellte ich mir immer wieder die Frage, in welcher Zwischenwelt ich war, dass es sein konnte, dass Luca auf meinem Bett saß. Hatte meine Mutter sie reingelassen? Und wo war die versteckte Kamera?

»Ich bin mit Dennis und Maria hier, wir wollten mal sehen, wie es dir geht. Ich hab lange nichts von dir gehört.«

Sie war mit Dennis hier? Wie lange hatte ich geschlafen? Und wie viele Schaltjahre waren demnach vergangen?

»Mit Dennis?«

Sie hatte noch nie etwas mit Dennis gemacht. Ich war mir nicht mal sicher, ob die beiden sich jemals begegnet waren.

»Er war auf dem Weg zu dir, und da sind wir mitgefahren. Wir gehen heute Abend zusammen in den U-Club.«

Hieß »zusammen« jetzt mit Dennis? Oder mit dem Flughafen-Party-Spanier? Oder alle zusammen, mit Picknick an der B 7?

»Aha.« Gute Antwort. »Äh, und wer ist ›wir‹?«

»Na ja, du, ich, Maria und Dennis.«

Jetzt frag bloß nicht, ob noch jemand dabei ist. Dann riecht sie den Braten. Wenn sie merkt, dass du eifersüchtig auf diesen Satin-Latin bist, dann rafft sie, dass sie sich danebenbenehmen kann. Dann macht sie dich klein, nimmt dich auseinander und füttert ihn mit deinen gegrillten Stückchen. Ich räkelte mich, soweit meine Position dies zuließ.

»Ist Peppone auch dabei?«

»Wer?«

Dann brach sie in Gelächter aus. Wenn ich eins kann, dann

ist das, Frauen zum Lachen zu bringen. Und wenn es nur über mich ist.

»Du meinst Nicki? Hey, lass den, der ist in Ordnung.«

Der Schwachmath hieß auch noch Nicki. Ein Königreich für eine Klischeesammelstelle.

»Also was ist jetzt mit Nicki-Ficki? Kommt der auch mit?«, wollte ich sie fragen, aber sie kam mir zuvor.

»Der ist weiter nach Frankreich.«

Gut. Der ist weiter, ich brauchte mir keine Sorgen zu machen. Was war das eigentlich für ein Satz? ›Der ist weiter nach Frankreich.‹ Hallo, Mädchen, du hast uns nicht mal vorgestellt. Du hast seit deiner Rückkehr ganze elf Worte mit mir gewechselt und jetzt setzt du voraus, dass ich deine ganze Loverliste auswendig kenne? Ich habe Erklärungsbedarf.

Aber hartherzig wie sie war, stand sie einfach auf:

»Wir fahren jetzt zu Dennis. Wenn du mitfahren willst, dann komm später vorbei.«

Und jetzt mach Sitz! Sonst gibt's kein Leckerchen!, war der Tonfall, in dem sie mit mir sprach. Sie war es gewohnt, dass man nach ihrer Pfeife tanzte, und genau so überraschend, wie sie erschienen war, war sie auch wieder verschwunden.

Du stehst jetzt auf, duschst und ziehst dein Flohhalsband an, dachte ich und drehte mich auf den Rücken, um endlich meine Erektion zu genießen.

18

Titelkampf

»Sie will dich, sie will dich, sie will dich«, raunte ich meinem Gegenüber zu, als ich im Badezimmer stand und meine Stirn präparierte. Man muss sich einfach nur rar machen, dachte ich. Ein paar Tage nicht gesehen, und schon laufen sie dir nach.

Ach, übrigens: Einen kleinen Schrecken hatte ich schon bekommen, als ich den Fernseher zu meinem abendlichen Frühstück anmachte: Ich hatte zwei Tage geschlafen.

Der Abend wurde natürlich erneut ein Fiasko. Nachdem wir bei Dennis vorgetankt hatten, fuhren wir zum U-Club, um festzustellen, dass mal wieder nur House lief. Mir war schon vor dem Eingang wieder nach Ausgang zumute. Außerdem war es so voll, dass man nicht mal in der Nase bohren konnte. Aber deshalb war ich ja nicht hier. ›Sie will dich, sie will dich, sie will dich‹, schrie mir mein Trainer in meiner innerlichen Ringecke zu, und gerade als der Gong die zweite Runde einläutete und ich mit meinem Mundschutz und einer Überdosis Adrenalin bewaffnet aus meiner Ecke förmlich herausexplodierte, um meine K.O.-bringenden Schläge in Form von eleganten Tanzschritten auf die wehrlose Gegnerin einprasseln zu lassen, drehte die sich um und verließ den Dancefloor. Sie hatte irgendeinen Schulkameraden entdeckt und rannte aus der Arena, ohne sich zu verabschieden. Und ich, ich stand inmitten der grölenden Menge allein im Ring und wurde ausgebuht. Als ob ich etwas dafür könnte!

19

Schlaflied

In den nächsten zwei Wochen passierte nichts Weltbewegendes. Es wurde langsam Herbst, und die Tage wurden deutlich kürzer und kälter. Weil ich ja nichts zu arbeiten hatte, hing ich viel rum, schrieb ein bisschen und machte mir so meine Gedanken. Durch das Schreiben kramte ich viel in meiner Erinnerung herum, denn nach der anfänglichen Euphorie hatte ich gemerkt, dass es doch gar nicht so einfach war, einen ganzen Roman zu schreiben. Häufig strich ich die Arbeit von Tagen in meinem Notizbuch einfach durch oder riss die Seiten raus. Es ging schlecht voran, wenn ich einfach schrieb, was ich gerade erlebte. Ich erlebte ja nichts, denn ich hing ja rum. Ich konnte mich nicht mal aufraffen, bei Dennis vorbeizuschauen.

Das Kramen in der Erinnerung hatte eigenartige Nebeneffekte. Es verselbständigte sich nämlich. Ich kam zum Beispiel vom Einkaufen und ging über den großen Parkplatz vom Akzenta. Als ich an der Autotür stand, um meinen Wagen aufzuschließen, lief ein kleiner Junge an mir vorbei. Er war vielleicht sechs, ich konnte es nicht genau sehen, denn er trug eine Maske. Eine Karnevalsmaske. Keine Ahnung, wo er sie um diese Jahreszeit herhatte. Vielleicht lief er aber auch schon sein ganzes, kurzes Kinderleben damit rum, denn es war für ihn offenbar nichts Ungewöhnliches, als grüner Drache über den Parkplatz zu stochen. Er starrte mich dabei die ganze Zeit an und fixierte meine Augen, so dass er rückwärts weiterlaufen musste, um mich weiterhin anzuschauen. Fast hätte er eine über den Parkplatz vegetierende Oma überrannt. Er sagte nichts, fauchte nichts und spuckte auch kein Feuer. Soweit ich seine Augen sehen konnte, schaute er mich nur ziemlich zufrieden mit sich und seiner Drachenmaske an. Während der ganzen Heimfahrt und auch noch zu Hause musste ich daran denken.

In meinem Zimmer hab ich dann alte Fotoalben rausgekramt und durchgeblättert. Bei einem Foto blieb ich hängen. Es war kein besonderes Bild. Es zeigte nur mich und meinen großen Bruder, und davon gab es hunderte. Aber es war auf Norderney gemacht worden. Zwei kleine Jungs, der eine vier, der andere fast sechs, und wir standen zusammen auf einem großen, steinernen Poller an einer ehemaligen Uferpromenade. Mit Cordhose und grünem Parker, seiner hellgrün, meiner dunkel, und wir beide mit Adidas-Samba-Schuhen. Beide blau, seine mit roten Streifen, meine mit weißen. Wir hatten jeder eine Fahne in der Hand, die der Wind uns zu entreißen versuchte, und wir waren völlig bleich und durchgefroren. Aber wir waren zufrieden. Wir tobten nicht laut grölend herum. Wir lächelten nicht mal wirklich. Wir standen einfach nur auf diesem Poller, im Hintergrund Dünen, und irgendwo am Horizont das Meer. Und wir waren zufrieden.

Selig sind die Kinder und die geistig Minderbemittelten, schoss es mir durch den Kopf. Auch wenn das ein schwachsinniger Satz war, im Kern stimmte er. Das Problem war das Denken. Eigentlich sehnen wir uns doch unser ganzes Leben nach der Zeit zurück, als wir noch nicht denken mussten. Als wir noch Kinder waren und alles schon irgendwie lief, ohne dass wir uns Sorgen hätten machen müssen. Ich habe früher immer geheult, wenn ich daran denken musste, dass ich irgendwann erwachsen würde, ob ich wollte oder nicht. Ich hab schon damals geahnt, wie viele Scheißprobleme dann plötzlich auf einen zukommen.

Mein Vater hat uns früher manchmal Lieder zum Einschlafen vorgespielt. Er saß mit seiner Gitarre bei mir oder meinem Bruder auf der Bettkante, im Zimmer war es schon dunkel, und hat leise angefangen zu spielen und zu singen. Einige Lieder hatten mit der Kindheit oder dem Erwachsenwerden zu tun, und dann habe ich mich meistens zur Wand gedreht und getan, als würde ich schon schlafen, damit mein Vater nicht sehen konnte, dass ich weinte. Ich hatte einen riesigen Kloß im Hals, und lautlos liefen mir die Tränen die Wangen runter. Mit aller Gewalt habe ich mich darauf konzentriert, nicht zu schluchzen oder laut zu schniefen.

Das Komische ist, dass sich alles so unmerklich geändert hat. Jetzt ist man plötzlich erwachsen und akzeptiert es irgendwie. Die Jahre, in denen ich Angst davor hatte, liegen so weit zurück, dass ich nur noch selten daran denke und mich kaum noch erinnern kann.

Ich saß immer noch auf meinem Bett und hatte jetzt auch solch einen Kloß, aber er schnürte mir den Hals längst nicht so zu wie früher. Vielleicht war er genauso groß wie damals, aber mein Hals war inzwischen gewachsen, dachte ich, und schluckte ihn hinunter.

Ich glaube, das letzte Mal richtig geheult habe ich mit fünfzehn, als ich meiner Mutter erzählt habe, dass beim Wichsen Blut aus meinem Schwanz gekommen ist. Das war einen Tag nach Sylvester, und ich habe geheult, weil ich dachte, dass ich das nächste Sylvesterfest nicht mehr erlebe und jetzt an Hodenkrebs sterben oder zumindest zum Arzt müsste, um mir im Sprechstundenzimmer vor versammelter Mannschaft einen runterzuholen.

Es war nur ein geplatztes Gefäß, aber es hat über eine Woche gedauert, bis ich mich wieder getraut habe, auf Handbetrieb zu gehen. Wichse mit blutroten Schmierfäden ist nämlich ein verdammt gruseliger Anblick.

20

Glückliche Ehefrauen

Nun sollte sie also anbrechen, die Zeit der Hämorriden und Stützverbände. Ich stand mal wieder in aller Herrgottsfrühe fröstelnd vor einer Tür, diesmal war es die große, blaue der Diakonie, und wartete auf die Schwester, die mich in den Dienst einführen sollte. Wahrscheinlich eine, die ich noch nicht kannte. Die im Keller der Diakonie wohnte und ihren fetten Körper nur durch das Verspeisen von Desinfektionsmittel und kleinen Zivis am Leben hielt.

Aber ich freute mich trotzdem auf den Job, denn es war wenigstens was Neues. Ich hatte in den letzten zwei Wochen außer an meine Vergangenheit auch ziemlich viel an meine utopische Zukunft mit Luca gedacht. Wir hatten uns ab und zu gesehen und auch ein paar Sachen unternommen. Kino, Disko, Gokartfahren und so. Mehr war nicht passiert. Sie war nett, ich war schüchtern und hatte zu viel Angst, ihr zu sagen, wie es wirklich in mir aussah. Ich brauchte also etwas, was mich auf andere Gedanken brachte.

Mit quietschenden Reifen hielt Schwester Anna vor mir, und ich kam auf andere Gedanken. Sie war zwar natürlich lange nicht so übermenschlich, wie meine Phantasie meiner Erinnerung in den letzten Wochen hatte weismachen wollen, aber für ihre dreißig Jahre sah sie noch verdammt jung aus. Sie war brünett, braun gebrannt, hatte feste Brüste und schöne Beine, auch wenn sie ein bisschen klein war. Sie hatte vielleicht zwei

Kilo zuviel drauf, aber eine knackige Haut, also genau so, wie ich es eigentlich mochte. Und sie war scharf auf mich, das fühlte ich irgendwie. Ich musste mir klar drüber werden, was ich wollte.

Sie hatte eine ganze Liste von Patienten dabei, die wir heute abklappern würden. Meine erste große Aufgabe war es, die Kilometer von einem zum anderen einzutragen. Als wir so durch das Hinterland bretterten – unser erster Patient wohnte außerhalb –, musste ich immerzu auf ihre Oberschenkel starren, die unter dem Schwesternkittel hervorlugten und sich sanft an den Sitz schmiegten. Ab und zu kam mir ihre Hand in die Quere, und zwar dann, wenn sie einen Gang höher oder tiefer schaltete. Auch diese Hand war nicht übel. Sie war sogar wunderschön. Es war die Hand einer Frau, die viel arbeitet, aber genau weiß, warum. Der dünne Silberring an ihrem kleinen Finger schien sich nach meiner Zunge zu sehnen.

»Eher der stille Genießer, was?«, meinte sie plötzlich. Sie konnte in mir lesen wie in einem Buch.

Wir klingelten an einem Türschild mit der Inschrift Kreuzfeld. Auf der Fußmatte strahlte uns ein manisch-fröhliches »Hereinspaziert« in neongelber Schreibschrift entgegen, und über der Tür hing das Bildnis irgendeines Heiligen.

Es war, als ob die Sonne aufging, als Frau Kreutzfeld die Tür öffnete. Eine strahlende, glühende Sonne in der Wüste Gobi, die mit ihrer Fröhlichkeit alles verbrennt, was sich traut, durch den Sand unter ihr zu kriechen. Sie riss die Tür auf und jubelte uns mit breitem Grinsen zu, wie schön es doch sei, dass wir endlich da wären. Und ich dachte mir: Wie kann eine Frau so fröhlich und ausgelassen, offenbar mit sich und dem Leben zufrieden sein, wenn ihr Ehemann jeden Morgen unsere Hilfe braucht? Ich hatte ihn zwar noch nicht gesehen, aber so besonders gut schien es ihm ja nicht zu gehen.

Es ging ihm auch nicht gut. Zwar auch nicht schlecht, im Vergleich zu den Patienten, die ich noch kennen lernen sollte, aber für sich gesehen schlecht genug. Er hatte einen Schlaganfall gehabt, war rechtsseitig gelähmt und geistig leicht verwirrt. Er konnte nicht mehr selbständig leben. Es musste für ihn gekocht, er musste teilweise gefüttert, gewaschen, zum Klo gebracht und schlafen gelegt werden. Er war achtundvierzig.

Er erzählte mir, wie er früher auf dem Bau gearbeitet hatte, bei Wind und Wetter, auf Hochhäusern, hundert Meter über dem Boden. Jetzt konnte er sich nicht mal mehr den Arsch abwischen. Dafür war jetzt ich da. Und seine Frau. Sie schien es regelrecht zu genießen, dass sie gebraucht wurde. Vielleicht hatte er nie Zeit für sie gehabt, was mit anderen Frauen gehabt oder war mit seinen Kumpels vom Bau unterwegs gewesen, aber damit war jetzt Schluss. »Jetzt habe ich ihn für mich allein«, schien ihr grinsendes Sonnengesicht sagen zu wollen. Ich begriff, dass Leute wie sie am Ozonloch schuld waren, und fragte mich, wer von den beiden kränker war.

Schwester Anna führte mich sehr schonend an meinen neuen Job heran.

»So, den wäschst du, ich guck zu und geb Tipps«, sagte sie und drückte mir einen Waschlappen mit gelben Punkten in die Hand. Ein Muster, das ich irgendwo schon mal gesehen hatte.

Als ich ihm die Eichel waschen sollte, habe ich dann doch kurz gezögert.

»Na los, mach schon. Ist auch nicht anders als bei dir«, drängelte mich die fürsorgliche Schwesterntracht, die es sich inzwischen auf dem runtergeklappten Klodeckel gemütlich gemacht hatte.

Die hat gut lachen, dachte ich. Ich hatte in meinem ganzen

Leben noch keinen fremden Schwanz angefasst und bisher auch nicht gewusst, wozu das gut sein soll. Aber jetzt musste ich es. Ich hatte zwar Latexhandschuhe an und an der linken Hand sogar noch den Waschlappen, aber es war trotzdem eigenartig. Das größte Problem war: Sein Ding war winzig klein. Vielleicht vier Zentimeter lang. Die Handschuhe waren nass von Seifenwasser, und jedes Mal, wenn ich seine Vorhaut zurückschieben wollte, flutschten meine Finger dran vorbei. Als ich sie endlich erwischte, merkte ich, dass, weil Herr Kreutzfeld nicht gerade dünn war, ich aufpassen musste, überhaupt noch dranzukommen an das kleine Ding. Es wollte unter seinem herabhängenden Bauch verschwinden.

Dann wollte es nicht mehr verschwinden. Dann kam es mir nämlich entgegen. Ich wollte meinen Augen nicht trauen, aber ich hatte so lange an ihm rumgewurschtelt, dass er eine Latte bekam. Heilige Scheiße, was jetzt, dachte ich, und die Hitze in dem winzig kleinen Reihenhausbadezimmer wurde unerträglich. Herrn Kreutzfeld schien es auch ein wenig peinlich zu sein, denn er fing an, mit dem rechten Bein zu wackeln, von dem ich eigentlich dachte, es sei gelähmt. So standen wir nun vor dem Waschbecken. Er, wackelnd vor dem Rollstuhl, sich mit der linken Hand krampfhaft am Wasserhahn festhaltend, und ich, eine Etage tiefer, gebückt daneben, verzweifelt seinen erigierten Schwanz schrubbend. Ich stand mit dem Rücken zu Anna, damit sie nicht sah, dass ich ihm fast einen runterholte. Ich trocknete ihn schnell ab, während ich fühlte, wie unter meinem Kittel Sturzbäche von Schweiß den Weg von meinen Achseln den ganzen Körper hinunter fanden. Wahrscheinlich stand Frau Kreutzfeld, die künstliche Sonne, vor der Tür, heizte das Bad auf und wartete auf eine günstige Gelegenheit, im peinlichsten Moment hereinzuplatzen.

So klein sein Schwänzchen auch gewesen war, so sehr war

es gewachsen, und unter verzweifelten Anstrengungen versuchte ich, es zurück in die Hose zu stopfen. Endlich gelang es mir, und ich versetzte Herrn Kreutzfeld schnell einen Schubs, so dass er unweigerlich auf seinem Rollstuhl Platz nehmen musste. Sein schmerzverzerrtes Gesicht bestätigte mir, was ich schon geahnt hatte: Er hätte sich mit dieser Röhre nie freiwillig hingesetzt. Ich wischte mir erleichtert den Schweiß von der Stirn, wobei ich natürlich vergessen hatte, dass ich die Handschuhe noch trug, und verteilte so Herrn Kreutzfelds Badewasser im ganzen Gesicht. Ich hoffte, dass der erste Tag bald zu Ende sein möge. Es war 8.20 Uhr.

»Fürs erste Mal doch gar nicht so schlecht«, jauchzte Schwester Anna entzückt und beugte sich dann so weit zu mir rüber, dass ich tief in ihren Ausschnitt gucken konnte. Sie flüsterte: »Das war aber auch der Einfachste für heute« und zwinkerte mir zu. Ich hatte mir das erste Mal immer romantischer vorgestellt.

Ich wusste nicht, wie ich die nächsten sieben Stunden meiner Schicht durchhalten sollte. »Das ist unfair, Lieber Gott«, schrie ich lautlos zum Himmel. »Die von der Kirche haben mich rausgeschmissen, ich selbst hab nie an dir gezweifelt!« Aber ich machte mir keine Illusionen, dass es irgendwas nützen würde. Es hatte mich ins böse Reich der Arbeit verschlagen, und ich hatte es mir auch noch selbst ausgesucht. Zum Abschied bekam ich von Frau Ich-strahl-dich-tot eine Apfelsine aus dem eigenen Gewächshaus. Es sollte nicht die Einzige für heute bleiben. Ab 12.30 Uhr hätte ich einen Obst- und Gemüsestand eröffnen können.

21

Seemannsgarn

Es war Freitagabend, ich stand an Deck und hatte beschlossen, ein paar mehr Knoten Fahrt zu machen. Es ging so nicht weiter mit mir und meiner Angebeteten, ich musste ihr endlich zeigen, was sie für mich war. Und ich musste sie mit einem Überraschungsangriff überfallen. Von der Seeseite aus das Ruder dieses sinkenden Kahns rumreißen. Denn wir waren schon viel zu weit in Richtung Freundschaft abgetrieben, und Freundschaft war so interessant und gefährlich wie eine Sandbank. Ich wollte nicht den Rest meines Lebens auf Sand gestrandet inmitten eines stürmischen Ozeans beobachten, wie sich die Wellen um mich herum austobten.

Ich wusste jedoch nicht, wie ich das ändern sollte. Ich hatte die ganze letzte Woche gearbeitet, und sie hatte sich nicht bei mir gemeldet. Ich wollte nicht einfach bei ihr anrufen, den perfekten Abend schon durchorganisiert, Schlachtpläne gemacht, Bestechungsgelder an fremde Piraten ausgezahlt, um dann festzustellen, dass sie gar keine Zeit hatte. Und einfach so anrufen wollte ich erst recht nicht. Warum überhaupt musste immer ich anrufen? Sie meldete sich nie, und ich wollte ihr nicht die Möglichkeit geben, mir gelangweilt entgegenzuseufzen: »Ne, du. Ich mach heute gar nichts.«

Das war das Schlimmste. Wenn sie sagten, dass sie schon was vorhatten, musste man das akzeptieren. Gut, man war zu spät dran. Pech gehabt, nächstes Mal. Aber wenn sie seufzten, dass sie gar nichts machten, war das wie ein Tritt in die Eier. Das hieß: Bevor ich mit dir weggeh, leg ich mich doch lieber auf mein Sofa und guck mit unserm Hund 'nen Peter-Alexander-Film. So was wollte ich absolut nicht hören. Ich brauchte einen besseren Plan. Ich musste sie verunsichern, an den Rand des Wahnsinns treiben. Ihre bisherige Vorstellung vom Leben an sich musste aus den Fugen geraten wie die Planken eines Schiffs, das von einem Eisberg angegriffen wurde. Nur zehn Prozent meiner Genialität trieben an der Oberfläche, der Rest war die unsichtbare Geheimwaffe, die nur darauf wartete, ausgespielt zu werden.

Ich fuhr zu Dennis. Auch ihn hatte ich seit einer Woche nicht gesehen, aber bei ihm war die Kontaktaufnahme schon immer leichter gewesen. Vielleicht kam ja ein Peter-Alexander-Film, und es wurde ein spaßiger Abend, dachte ich und legte ab.

22

Videospielkrieg

Es gibt Momente im Leben, da checkt man gar nichts mehr. Da kommt einem alles wie ein böser Traum vor. Da vergisst man, an das letzte bisschen Gute im Menschen zu glauben, und verfällt dem paranoiden Wahn, dass die gesamte Umgebung nicht echt, sondern inszeniert ist. Inszeniert zu dem einzigen Zweck, der eigenen Person das Leben zur Hölle zu machen.

Ich kam in Dennis' Wohnung und merkte schon an der Etagentür, die offen stand, dass etwas nicht stimmte. Irgendetwas in meinem durchgeknallten Kopf sagte mir, dass ich geradewegs in einen Alptraum hineinstolperte. Ich wollte mich umdrehen, schreiend die Treppe runterrennen oder sonst etwas machen, was halbwegs rational war, um mich dadurch von diesem eigenartigen Sog zu befreien, der mich langsam, aber beharrlich in Dennis' dunkle Wohnung hineinzog, zu der roten Lavalampe, die mir aus seinem Zimmer am Ende des Flures entgegenleuchtete. Musik dröhnte durch den rot pulsierenden Flur, der mit allerlei Müll zugebaut und Krimskams vollgehängt war. Je näher ich Dennis' Zimmer kam, desto größer wurde meine Gewissheit, dass das Böse dort auf mich lauerte. Und dass es mich auslachen würde, wenn ich das Zimmer betrat.

Ich hatte Recht. Das Böse lachte mich aus. In Form von zwei hässlichen Mündern, die zu einem einzigen, strahlenden

Grinsen verzerrt waren, und zwei Paar Augen, die mir bekifft entgegenglänzten. Auf dem Sofa vor mir saßen, jeder mit einem Playstation-Gamepad in der Hand, Dennis und Luca und begruben mich mit ihrer Fröhlichkeit in den tiefsten Tiefen der roten Lavalampenhölle. Plötzlich verstand ich, warum ich an der Tür so paranoid reagiert hatte. Ich musste sie schon im Treppenhaus gerochen haben.

Was war jetzt passiert? Und vor allem: wen sollte ich zuerst umbringen? Ich entschied mich wortlos für den Kühlschrank und eine Flasche Veltins, um mich aufzuwärmen. Die letzte Schlacht stand bevor. Nicht nur deine holde Maid wird draufgehen, sondern auch dein treuer, ins Sofa furzender Knappe, sprach die Flasche zu mir, als sie ihr trostloses Leben aushauchte. Das Altglas-Orakel hatte Recht: Jetzt würde ich diese Bude mal aufräumen.

Mit einer zweiten Flasche und der seit drei Jahren angestauten Wut sexueller Selbstunterdrückung bewaffnet, marschierten die Truppen aus der Küche. Der Feind war in der Überzahl, aber von biologischen Waffen geschwächt.

»Was geht hier eigentlich ab?« Meine Grenadiere schossen wild selbstzündende Zerstörerworte in die Menge. Massenpanik brach aus.

»Äh, wir spielen Worms«, kam es durch die Senfgaswolke zurück. Daneben. Ein lächerlicher Gegenangriff mit einer schlecht gezielten Entschuldigungshaubitze. Die Moral meiner Bodentruppe steigerte sich ins Unermessliche.

»Überrennt sie, spießt sie aufs Bajonett, steckt ihnen Minen in den Arsch!«, brüllte ich, rannte dabei quer durchs Zimmer und sprang in den Schützengraben auf dem Bett. Überschwappendes Bier vermischte sich mit den Blutlachen hinter dem Wall. Eine tarnfarbene Bettdecke schützte mein Corps.

»Sag mal, spinnst du?«, bellte die Artillerie irgendwo hinter dem vorerst noch schützenden Hügel aus reiner Schurwolle, doch die Rhetorische-Fragen-Geschosse verfehlten ihr Ziel weit und prasselten leise pfeifend am Bücherregal herunter.

Ich grub mich in meiner Stellung fest, nistete mich ein in dem modrig riechenden Erdreich, das sicherlich seit zwei Monaten nicht mehr gewaschen worden war und eine Fleckenvielfalt von Pizza bis Sperma aufweisen konnte. Und inmitten von schlammigen Erdmassen und Überresten gefallener Soldaten fand ich sie, die Geheimwaffe. Ich war mit meiner Nase direkt in einer lila Boxershorts gelandet, die scheinbar das einzige Überbleibsel eines fremden Soldaten war, dem hier der tödliche Schuss sämtliche Klamotten vom Leib gefetzt hatte. Wie dem auch sei, sie war die ideale Kurzstreckenwaffe, um die Stellung auf dem Sofa zu bombardieren.

Mein Angriff war überraschend, präzise und alles vernichtend. Ich schleuderte die lila Lenkrakete in die Gesichter der schockiert durcheinanderpurzelnden, gegnerischen Kiffsoldaten, und die Schlacht war schlagartig vorbei. Sie streckten willenlos ihre Waffen und ergaben sich mit fassungslosen Blicken. Um es kurz zu machen: Die Stimmung war schlagartig auf dem Nullpunkt. Ich fand es sicherer, das Krisengebiet erst mal zu verlassen und machte mich auf den Weg in die Küche, um ein weiteres Flaschen-Orakel zu Rate zu ziehen.

Dennis war ganz schön sauer auf mich und meinen Versuch, den dritten Weltkrieg anzuzetteln. Ich würde mich total kindisch benehmen, sie hätten nur Playstation gespielt, und er wüsste ja schließlich, was ich von ihr hielt, und würde sie deshalb sowieso nicht anrühren, fuhr er mich in der Küche an. Von Friedensverhandlungen und Unterwürfigkeit des Besiegten, die ihm gut gestanden hätten, keine Spur. Ich hatte keine Lust, länger auf dem Thema rumzureiten, und schlug vor, die Kurve zu kratzen. Gemeinsam machten wir uns auf zum U-

Club, und ich gab mir schon auf dem Hinweg richtig die Kanüle. Für den Rest des Abends war mit mir nicht mehr viel anzufangen. Im U-Club war's mal wieder so scheiße, dass man sich zwangsläufig abschießen musste, und als ich am nächsten Tag in meinem Bett aufwachte, wusste ich nicht mehr, wie ich es geschafft hatte, Heimaturlaub zu bekommen.

23

Weichspüler

Ich stand unter der Dusche. Das warme Wasser prasselte auf meinen Körper herunter, ich stand schon seit mindestens fünfzehn Minuten in der gleichen Position, mit dem Rücken an die Wand gelehnt, den Kopf im Nacken, mit geschlossenen Augen und halb geöffnetem Mund. Die Tropfen, die mir vom Kinn in den Mund sprangen, kitzelten meinen Rachen. Beste Voraussetzungen, über das Schicksal des eigenen, jämmerlichen Lebens nachzudenken. Die besten Ideen hatte ich sowieso immer unter der Dusche.

Was war da gestern eigentlich mit mir abgegangen, in Dennis' Hausflur? Woher hatte ich die Ahnung, dass Luca bei ihm rumhing, und wieso war das schlimm? Dennis hätte sie auf keinen Fall angerührt. Selbst wenn sie auf dem CD-Laufwerk seiner Playstation rotierend einen 1a-Strip hingelegt hätte. Er war mein bester Freund, und das seit fast dreizehn Jahren.

Aber war es vielleicht das verflixte dreizehnte Jahr, in dem auch die Ehen kaputtgingen? Oder gingen Ehen nach sieben Jahren kaputt? Würde ich mich gleich auflösen? Meine Haut hing schon in weißlichen Schrumpelsäcken von den Fingern. Und wie lange würde es noch dauern, bis die Wärmepumpe leer war?

Ich beschloss, das Fragen sein zu lassen und konzentrierte mich ganz darauf, nicht zu denken. Das war eine meiner Lieblingsbeschäftigungen beim Duschen, denn man konnte stundenlang mit seinen Gehirnwindungen spielen und kriegte einfach nicht raus, ob es möglich war, nichts zu denken. Ha, jetzt hast du gerade gedacht, dass du nichts denkst, also hast du gedacht, zuckte es durch mein Körpersteuerungsorgan.

Ich drehte mich innerlich um mich selbst. Ich war eins mit meinem inneren Kosmos. Was für ein Schwachsinn. Das klang, als wäre ich auf'm Trip oder als wär ich so ein Hippie-Freak, das Letzte, was ich sein wollte, aber es fühlte sich wirklich so an. Vielleicht brauche ich keine Drogen und bin ganz natürlich stoned, seit meiner Geburt, grübelte ich. Die Dusche war der einzige Ort, an dem ich mich wirklich wohl fühlte. Eine kleine, kuschelige Zufriedenheitswabe in der Kälte der hellblauen Kacheln: die Ewigkeitskapsel.

Eine seltsame Ruhe legte sich über mich und meinen nassen Körper. Fast wie auf einem alten Poller auf Norderney, mit einer Fahne in der Hand, wenn man vier ist. Zumindest stellte ich mir das Gefühl so vor, ich konnte mich ja nicht erinnern. Ich kam zum Schluss, dass ich wahrscheinlich mit vier genauso unzufrieden gewesen war wie heute. Nur, dass der Rückblick in die Vergangenheit alles verklärte. Mit sechzig würde ich sicherlich denken: Mann, warst du mit neunzehn zufrieden. Damals ging's dir noch gut, und du hattest keine Sorgen. Auf jeden Fall war es vorbei mit der Zufriedenheit, als ich an mich als Sechzigjährigen dachte. Die einzige sechzigjährige Jungfrau auf dieser Erde.

Meine Gedankenkreise rotierten wieder zu Luca und der ganzen damit verbundenen Problematik. Eigentlich war letztlich sie an allem Schuld. Diese bescheuerte Idee mit der Koinzidenz von Liebe und Erstem Mal war nicht *mir* eingefallen. *Ich* hatte nie darüber nachgedacht. Ich war immer der Meinung: Irgendwann passiert es, nimm's ganz locker, hinterher weißt du mehr. Irgendeine Party, irgendein Mädel. Am besten im Urlaub. Es konnte nur ratsam sein, wenn man sie nie wieder sah, denn rühmlich würde es sicher nicht werden. Und am besten eine, die mehr Überblick hat als du und der es Spaß macht, dich zu »knacken«.

Aber der Zufall wollte es, dass ich auf der Party von Luca, seit der Dennis keinen Pfirsichlikör mehr trinkt und auf der ich meine zweite Persönlichkeit entdeckt habe, dumm rumstand, und neben mir, ganz zufällig: Luca mit Ralf, einem Typen, den sie noch vom Sandkasten kannte. Und was machten die beiden? Sie unterhielten sich über das erste Mal. Ich bin ja noch Jungfrau, kichert Luca und er, ganz der gute Freund: Ja, richtig so. Gerade als Frau sollte man es sich ganz genau aussuchen, mit wem man es macht. Und er *denkt* sich: Ich scheiß auf den verdammten Sandkasten. Glaubst du, dass es zwischen Männern und Frauen Freundschaft gibt, ohne dass sie ihm einen bläst? Und dann *sagt* er: Man sollte es sich ganz genau aussuchen. Und er fasst ihr um die Hüften. Mir wird das alles mal wieder zu krank, und ich will mich mit meinem besoffenen Kopf gerade davonrollen, als sie ihn wegstößt, ihm auf die Finger haut und dann zu ihm sagt: Das erste Mal soll mit einem sein, den ich wirklich liebe. Und dann schaut sie zum Himmel und haucht hinterher: Danach ist alles egal. Aber wenigstens das erste Mal.

Und wie sie da steht, zu den Sternen hochguckt und das sagt, da kann ich nicht anders, als ihr zu glauben. An alles, was sie in diesem Augenblick unter dem Firmament für uns Menschen verkörpert. An das Gute, an die Unschuld, an die Liebe. Das Bild hat sich festgefressen in meiner Erinnerung. Und ich weiß, so viel man auch mit Menschen zu tun hat, so sehr man glaubt, sie zu kennen: richtig kennen tut man sie niemals. Es gibt nur winzige Augenblicke, in denen man wirklich einen Blick in ihr tiefstes Inneres werfen kann, und bei manchen kann man es nie. Ich wusste, dass ich an diesem Abend Luca gesehen hatte. Es waren nur drei Sätze, die sie gesagt hatte. Die Umstehenden und vor allem Ralf hatten überhaupt nichts gerafft, aber ich sah sie, in diesem Garten. Reggaemusik verwirbelte die Nachtluft, und sie stand, wie sie war, auf dem Rasen und schaute voller Sehnsucht in den wolkenlosen Himmel.

24

Erneuter Versuch, der Lyrik nahe zu kommen

Wir standen am Hafen und ich musste so lachen,
denn du sagtest mir, es ist jetzt Schluss.
Ich dachte, du wolltest einen schlechten Scherz machen,
ich schaute zur Fähre und gab dir 'nen Kuss.

Dann warfst du mich ins Hafenbecken,
die Möwen flogen und kreischten Applaus
ich schluckte Öl und war halb am Verrecken,
die Fähre gab Fahrt, sie lief gerade aus.

Du standst an der Brüstung, sie trug dich davon
auf das offene Meer, ich wollte hinterher,
ich habe gewunken, ich habe geschrien,
das Schiff hat getutet, dann gab's dich nicht mehr.

Das war das poetische Ergebnis meines einstündigen Duschvorgangs.

Mir war klar, dass die Gefühle mal wieder mich und meinen Sinn für guten Geschmack übermannt hatten. Und dass mir die besten Ideen unter der Dusche kamen, war wohl auch nur eine weitere Lüge auf dem langen Weg der Selbstverarschung gewesen. Ich beruhigte mein Gewissen mit der Entschuldigung, dass ich sicherlich noch jede Menge Restalkohol im Blut hatte, und legte das Gekritzel in die Mappe zu dem übrigen geistigen Schrott, den mein Gehirn in der letzten Zeit produziert hatte. Ich hatte mir das Gedichteschreiben ja eigentlich untersagt, aber trotzdem war ich von Zeit zu Zeit versucht, ein paar Verse zu Papier zu bringen. Das Ergebnis holte mich jedesmal auf den Boden der Tatsachen zurück.

25

Schuluntersuchung

Nach der Zufriedenheit kam die Angst. Ich stand nach dem Duschen auf der Waage und maß das Gewicht meines Tumors. Ich wog mittlerweile 79 Kilo. Rechnerisch ergab das ein Tumorgesamtgewicht von vier Kilo, plus-minus 200 Gramm Waagenungenauigkeit. Ich war das letzte Mal vor gut sechs Jahren beim Arzt gewesen. Bei der letzten Schulhauptuntersuchung. Ich weiß noch genau, wieviel Schiss ich davor hatte, weil ich dachte, dass ich mich komplett nackt ausziehen muss und dann die Ärztinnen lachen werden, weil ich noch so wenig Schambehaarung habe. Ich war ziemlich nervös und weil ich sowieso ein ziemlich bleicher Typ bin, haben die Ladys gedacht, ich kipp gleich um. Sie wollten mich ständig auf eine Liege befördern und Essen in mich reinstopfen. Ich hab sie dann angeschrien, dass sie mich endlich in Ruhe lassen und mit dieser scheiß menschenverachtenden Untersuchung anfangen sollen. Danach ging alles ganz schnell, und ich musste mich auch nicht mehr komplett ausziehen. Die Ladys wussten, was besser für sie war.

Der Tumor wucherte also in meinem Bauch nur so vor sich hin. Ich wartete gespannt auf die ersten Metastasen, aber noch konnte ich keine entdecken. Wenn ich den Beweis hatte, dann hatte ich einen neuen Trumpf im Spiel um die Gunst der Frauen in der Hand. Die Mitleidstour zog doch immer, und wenn die Lebenserwartung noch dazu möglichst gering war, ging man ja als Frau auch das Risiko der festen Bindung nicht ein. Ewige Liebe versprechen können, ohne es nach zehn Jahren und ebenso vielen Bundesligaendspielen einhalten zu müssen, war doch das Beste, was einem passieren konnte. Einmal im Jahr Blümchen aufs Grab, und schon hatte man das gute Gewissen, wirklich ein starker und selbstloser Mensch zu sein, der sich deshalb auch mal ein paar Freiheiten gönnen und sich bei anderen Gelegenheiten austoben konnte.

Vielleicht sollte ich doch mal zum Arzt gehen.

26

Heimwegeskorte

Wenigstens wusste ich jetzt, wie ich am Freitag nach'm U-Club nach Hause gekommen war.

Die Bullen hatten mich nach Hause gefahren. Das erfuhr ich am Sonntag von Dennis. Er und Luca waren mit mir im Fond seines Glückskäfers zu ihm gefahren, und ich hatte die ganze Zeit nur geschrien, dass ich aus der verwichsten Karre raus wolle und das Scheißauto noch schlimmer stinke als sein Bettzeug. Als wir bei ihm ankamen, kotzte ich auf das Blumenarrangement in der Verkehrsinsel vor Dennis' Haus und rannte die Straße runter. Die beiden brüllten mir hinterher, dass ich stehen bleiben sollte, doch als sie gerade loslaufen und mich einholen wollten, kamen die Bullen um die Ecke. Da beide Gras in den Taschen hatten, hielten sie sich bedeckt. Ich hielt mich nicht bedeckt, sondern meinen Daumen in die Höhe und freute mich, dass ein Wagen stehen blieb, um mich mitzunehmen. Die Bullen waren wohl freundlich, und ich stieg in die Karre. Danach hatten die beiden mich nicht mehr gesehen.

Anscheinend hatten sie mich tatsächlich einfach vor meiner Haustür abgesetzt und waren dann weitergefahren. Es gab doch noch nette Menschen auf diesem Planeten. Ich glaube, sie hatten sich als Lollek und Bollek vorgestellt.

27

Sinnkrise im Wattenmeer

Wir kamen nicht aus unseren verschissenen Löchern. Wir lebten in ihnen wie Einsiedlerkrebse. Wir aßen, wir schliefen, wir furzten in unsere Muschel, wir machten nichts, und das machte uns träge. Noch schlimmer war, dass alle anderen damit zufrieden schienen.

Ich muss hier raus!, wollte ich schreien und zog mich in meinen bemoosten Panzer zurück. Ich schaltete den Fernseher an. Wochenenden.

28

Opa Bröking

Es hatte sich eingespielt. Ich wusste, was ich zu tun hatte, ich wusste, wie, und es lief wie am Schnürchen. Ich hatte meine tägliche Tour, kümmerte mich bei den leichteren Fällen um den Wocheneinkauf und bei den schweren um die täglichen Windeln oder versorgte ihre kleinen und größeren Wehwehchen. Ich machte meine Sache gut.

Wenn ich meinen Alten den Arsch abwischte, schien ich auch ein wenig der Einsamkeitskacke wegzuwischen, die sie einlullte. Früher hatte ich mir jedesmal, wenn ich eines dieser Zimmer betrat, eine Ladung Fisherman's oder Pullmoll in den Mund gejagt. Mittlerweile war mir der Gestank egal. Es waren auch nur Menschen, und es würde nicht mehr lange dauern, bis ich auch so am Arsch war.

Mein Lieblingspatient war Opa Bröking. Ich hatte meine eigenen Opas nie kennen gelernt, aber Opa Bröking war jemand, den ich gern als Großvater gehabt hätte, deswegen nannte ich ihn so. Auch wenn er ab und zu geistig ein wenig durch den Wind war, war er ziemlich gerissen und hatte eine Menge Zynismus auf Lager. Das gefiel mir. Er schien sich ständig über mich zu amüsieren. Nicht boshaft, sondern so, wie man über ein kleines Kind lächelt, das versucht, eine Treppe raufzukrabbeln. Dem man aus der Distanz des Erwachsenen bei seinen Anstrengungen zuschaut und dabei denkt: Du könntest ihm helfen, aber er muss es selbst lernen.

Bei dem man sofort zur Stelle war, wenn die Gefahr bestand, dass es fiel.

Opa Bröking versteckte Kekspackungen und Schokoriegel im ganzen Haus. Hinter Schränken, auf Lampenschirmen, in Blumentöpfen. Und dann tigerte er den ganzen Tag durch die Wohnung, von einem Versteck zum anderen, und holte sich mal am Klavier einen Snack oder knabberte am Telefon ein wenig Schokolade oder langte unter den großen Fernsehsessel nach der Pulle Schnaps, die wir immer sorgsam versteckten, wenn ich ging.

Er war zuckerkrank und wusste, dass seine Tochter ihm alles wegnehmen würde, wenn sie ihn damit erwischte, und deshalb war er immer sehr auf der Hut. Wenn ich die Wohnungstür öffnete, dann hörte ich es in irgendeinem Zimmer rascheln, und wenn ich ihn auf meiner Suche durch die riesige Wohnung endlich gefunden hatte, dann saß er unschuldig auf einem Stuhl oder lehnte sich an die Heizung und las Zeitung. Er hatte nur zu diesem Zweck in der Nähe jedes Schokoverstecks auch eine Zeitung deponiert. Wenn ich dann reinkam, zwinkerte er mir erleichtert zu und flüsterte geheimnistuerisch: »Wenn ich gewusst hätte, dass du heute kommst, hätte ich uns ein Bier kaltgestellt.« Das sagte er jeden Tag.

Opa Bröking hatte einen Leistenbruch. Und weil jetzt die ganze Flüssigkeit aus seinem Unterleib in seinen Hodensack floss, war dieser so groß wie eine Honigmelone. Ohne Übertreibung. Er hatte ganz dürre Beinchen und war sehr klein, und deshalb sah er lustig aus, wenn er mit seinem Riesensack vor dem Waschbecken stand und sich wusch. Als hätte sich Gott überlegt, dass an dieser Kreatur der Schwerpunkt ungünstig war, und hätte ihm auf halber Höhe noch ein Gewicht zur Stabilisierung verpasst. Opa Bröking hat sich totgelacht, als ich ihm das erzählt habe. Er lachte fast immer, wenn ich was sagte. Er lachte laut und dreckig. Ich fragte mich jedes Mal, wie solch ein zierlicher Körper diese gewaltigen Laute hervorbringen konnte und lachte mit.

29

Kinovergnügen

Ich war heute mal wieder mit Luca im Kino. Es war ein Scheißfilm. Das war jedesmal so, wenn wir zusammen ins Kino gingen. Wir hatten noch keinen einzigen guten Streifen zusammen gesehen. Mir war das egal, Hauptsache, ich saß zwei Stunden neben ihr und konnte zwischendurch zufällig ihren Arm berühren. Dafür gab ich gerne fünfzehn Mark aus. Ich fragte mich, was mit mir los war. So wie es momentan lief, durfte es auf keinen Fall weiterlaufen. Ich war dabei, mich, sie und den gesamten Kinosaal zu verarschen. Während des Showdowns nahm ich mir vor, noch an diesem Abend mein Schicksal in die Hand zu nehmen und mein persönliches Finale durchzuziehen.

Als ich sie zu Hause absetzte, zitterten meine Hände so stark, dass ich sie lieber am Lenkrad behielt, und als sie mich zum Abschied umarmte, hatte ich Angst, dass mein pochendes Herz sie nun erschlagen würde. Nichts dergleichen passierte, sondern sie sprang leise flatternd aus dem Auto und machte eine Doppelte Schraube über die Straße hoch zur Eingangstür ihres Elternhauses. Ich wartete, bis die automatische Türbeleuchtung wieder erloschen war, und legte meinen Kopf auf den Beifahrersitz, um noch ein wenig von ihrem dezenten Schmetterlingsparfum durch die Nase strömen zu lassen. Es war Ende Oktober, und ich konnte es schon jetzt nicht mehr erwarten, dass es Frühling wurde.

30

Dennis der Metzger

Ich ging nach dem Dienst zu Dennis, weil der frei hatte. Der kommende Tag war Feiertag, und so hatten wir beschlossen, mal wieder richtig einen drauf zu machen. Es endete wie so häufig damit, dass wir an der Playstation hängen blieben und bis drei Uhr nachts zockten. Je später es wurde, desto leerer wurde der Bierkasten und desto eiriger wurden unsere Moves. Am Ende ging gar nichts mehr, und wir beschlossen, uns einfach hinzuhauen.

Mitten in der Nacht machte Dennis das Licht an, setzte sich aufrecht ins Bett und sagte in die Öde der vollgerauchten und von Bierflaschenaroma durchsetzten Schlafzimmerluft:

»Wo ist mein Salamibrötchen?«

Ich lag neben ihm im Bett. »Mann, mach das Licht aus, du Spacko«, krächzte ich, noch halb besoffen, durch die Lücke zwischen Matratze und Oberarm.

»Ich hab mir gestern ein Salamibrötchen geschmiert, und jetzt ist es weg.« Er hatte beschlossen, mir damit auf die Eier zu gehen.

»Ich hab dein Scheißbrötchen nicht. Wahrscheinlich hast du es selbst gegessen. Oder es ist runtergefallen.«

»Wenn ich es gegessen hätte, dann hätte ich jetzt keinen Hunger. Ich habe aber Hunger, sonst wär ich nicht wach geworden. Und auf dem Boden liegt es auch nicht.«

»Mann, willst du damit sagen, dass ich es mir einfach reingehauen hab? Willst du das damit sagen? Ich bin dein bester Freund!«

»Ich will hier gar nichts sagen. Mir fällt nur auf, dass es weg ist. Und du bist der Einzige, der hier noch rumliegt, oder?«

Was war denn das für eine Argumentation?

»Ich bin m o m e n t a n der Einzige! Das heißt aber nicht, dass nicht jemand reingekommen sein könnte, der es mitgenommen hat!« Jemand, der nachts um halb fünf durch Mehrfamilienhäuser schlich und Wohnungen aufknackte, um schlafenden Pubertätsabsolventen ihre Salamibrötchen zu klauen.

»Wer soll denn hier reinkommen?«, fragte Dennis bitter und legte sich frustriert wieder hin.

Er starrte stumm an die Decke, und dann machte er irgendwann das Licht wieder aus. Als ich gerade wieder eingepennt war, vernahm ich seine Stimme dumpf durch den schon halb herabgelassenen, alkoholdurchtränkten Samtvorhang meines Schlafes.

»Ende November hau ich ab.«

Ich lupfte den Vorhang ein wenig. »Was hast du gesagt?«

»Ende November bin ich weg. Nach Hamburg.«

Regungslos lag ich im Bett und starrte in die unendliche Dunkelheit auf dem Kopfkissen vor mir. Wir schwiegen eine Ewigkeit. Ich wollte ihm sagen, dass das nicht einfach so ging. Wir waren seit dreizehn Jahren unzertrennliche Freunde. Wir hatten alles zusammen gemacht. Wir hatten getestet, wer länger tauchen, wer weiter wichsen und wer tödlicher Auto fahren konnte. Unsere Olympiade war noch nicht vorbei. Er konnte sich nicht einfach davonstehlen. Das alles wollte ich sagen, und was ich herausbekam war: »Mir doch egal. Fahr doch.«

Ich legte mein hoffnungsloses Gesicht auf das labbrige Kissen, und mein einziger Gedanke war: Jetzt ist alles vorbei. Wir lagen bis zum Morgengrauen regungslos nebeneinander. Ich hörte, dass auch er nicht schlief, und erst als die Sonnenstrahlen durch die Rollos den kalten Zigarettenrauch im Zimmer brutal zerschnitten, pennte ich ein. Die Strahlen hatten auch uns zerschnitten. Zwei armselige Häufchen menschliche Salamischeiben lagen in der Mittagssonne auf dem Bett und begannen, langsam ranzig zu werden. Für uns war das Thema damit beendet. Wenigstens schlummerte sein Brötchen sanft in meinem Magen.

31

Tunnelerlebnis

»Ich möchte mich neben dich setzen.«

Höflich, aber bestimmt quälte sich die Phrasen-Bahn durch die langen Tunnel der Stadt in meinen dunklen Gehörgang, und ich träumte den Traum von Axels Blutspur an den Tunnelwänden. Den Rucksack auf meinen Schoß und mir selbst vornehmend, Einkäufe nur noch mit dem Hubschrauber zu erledigen, lehnte ich mich zurück, um die anregende Konversation zu genießen. Axel war aufgedreht. Er sah sich ständig über die Schulter, hielt Ausschau. Zwei Kollegen standen hinter ihm und checkten die Umgebung. Sie hatten irgendwas ausgeheckt, was nicht ihrem sonstigen Standard von Kinderschutzgelderpressung entsprach.

»Du, wir sind da in so was reingeraten, wo wir jemanden brauchen, der uns hilft.« Höflich, aber bestimmt kam er direkt zur Sache. »Und da hab ich mich gefragt, wer so etwas für mich machen würde. Was glaubst du, wer mir eingefallen ist? Natürlich mein bester Freund.«

Ich zog die rechte Augenbraue hoch und verglich den grauen, verschrumpelten Gummi der Fensterisolierung mit dem Gesicht der grellen Mitsechzigerin, die mir eine Bank weiter gegenüber saß. Der Gummi war dunkler. Beide waren aus Plastik. Axel merkte, dass er diplomatischer werden musste.

»Ich mach das nicht gerne, musst du verstehen. Aus deiner Sicht ist es unkompliziert. Für einen Freund macht man alles.

Aus meiner Sicht ist es mit starken Gewissenskonflikten verbunden. Mach es mir nicht so schwer.«

Ich verstand, dass Gott hinter all dem stecken musste, wenn selbst ein Fenstergummi menschliche Züge hatte. Alles war von einer Hand erschaffen. Alles war Plastik.

»Ich wusste, dass du mitmachst.« Erleichtert stand Axel auf. »Dann kannst du auch dein kleines Schwänzchen behalten«, raunte er mir kumpelhaft zu und boxte mir durch die Schulter. Lachend verließ er den Geisterzug und stellte sich ans Gleis, um mir hinterherzuwinken. Unter dem Kreischen der losfahrenden Bahn zog sich das Fenstergummi zu einer grinsenden Fratze zusammen.

»Da hat dich jemand gern«, quietschte die Masse und sortierte ihre Plastiktüten auf dem Sitz. Selbst die Plastiktüten waren aus Plastik. Es konnte nur Gott hinter allem stecken. Er bestrafte mich, weil ich den Kunststofftraum der anderen nicht mitträumen wollte.

32

Shopping

Es pisste in Strömen, und ich rannte mit Luca quer über die Straße in das superhippe Modegeschäft, wo es tolle Treter zum An- und Ausprobieren gab. Ich stand in dem Laden, schaute aus dem Fenster, während Luca einige Paar Schuhe anzog und hoffte, dass nun endlich die versprochene Sintflut kam und diesen ganzen Laden mit seinen Schuhen, Tantrakettchen, freaky Softdrinks, Techno-Käppchen, Flyerauslagen, Glaspfeifen, 33ern, Lavalampen und Außerirdischenpuppen hinfortschwemmte und die gesamte Besatzung ersoff. Die lässig zur Musik wackelnde, ibizagebräunte Kombüsengehilfin mit dem Kamasutra-Buch unter dem Kopfkissen und vor allem den Ich-geh-ins-Fitnesstudio-und-zur-Loveparade-Smudje, der mit einem neuen Schuhkarton kam und sich die Hände danach leckte, an Lucas Füßen zu lecken. Wenn ich mit Frauen einkaufen gehe, stell ich mich immer irgendwo in den Laden, starre auf einen Fleck und sage, wenn ich gefragt werde: »Ja, ist doch top. Aber letztendlich musst du es selbst wissen.« Was anderes wollten sie eh nicht hören und sie kauften sowieso, was ihnen gefiel. Als ob eine Frau jemals auf meinen ausgesprochen scharfen Sinn für Ästhetik gehört hätte. Ich war mit dieser Antwort immer aus dem Schneider.

Wer jetzt behauptet, dass ich mich dadurch feige aus der Affäre ziehen würde, hat mit Sicherheit Recht. Aber ich konnte so meine eigene Unsicherheit überspielen.

Während ich also beobachtete, wie Menschen hysterisch über die Straße preschten, um unter Hauseingängen hilflos Schutz vor der Strafe Gottes zu suchen, und dabei sogar in Kauf nahmen, von Autos platt gefahren zu werden, hörte ich Gesprächsfetzen aus der Arche-Noah-Szene hinter mir.

»Der drückt ein bisschen.«

»Bei so schönen Füßchen sollte so was nicht sein.«

»Zeig mal den da.«

»Ich hab dich übrigens schon häufiger im U-Club gesehen.«

»Echt?«

»Ich leg da donnerstags auf.«

Dann wurde das Gewitter ohrenbetäubend, und ich verstand nur noch Blitz und Donner.

Es wurde draußen so dunkel, dass ich in der Schaufensterscheibe die Spiegelung des Raumes sehen konnte. Die Spiegelung von zwei Menschen, die dicht an dicht auf dem Boden saßen, Schuhe anprobierten und über Sexualpraktiken zu reden schienen.

»Hey, willste'n Redbull?« Die Ibizakönigin hatte sich neben mich gezuckt und wackelte hysterisch mit dem silbergrauen Trinkdöschen.

»Auch du kommst in mein Buch, Ungläubige«, zischte ich. »Und jetzt mach dich wieder hinter deinen Tresen, Püppchen!«

Ich saß auf der gegenüberliegenden Straßenseite unter dem Vordach eines hippen Musikgeschäfts mit Glaspfeifen und Lavalampen im Schaufenster und wartete darauf, dass der schnuckelige DJ erkannte, dass sie nun mal Quadratlatschen hat und keines dieser für magersüchtige Speedfreaks gemachte Paar Schühchen ihr passen würde. Das Problem an diesen Leuten war, dass sie keinen Spaß verstanden. Sie nahmen sich selbst viel zu ernst.

Dennis sagte immer:

»Ironie ist die meistabgerüstete Geheimwaffe des zwanzigsten Jahrhunderts.«

Er hatte Recht. Opa Bröking hätte sich zu Tode gelacht, wenn ich ihn Püppchen genannt hätte. In der heutigen Zeit flog man einfach raus.

Ich saß immer noch auf der Treppe, als Luca rauskam. Sie hatte natürlich nichts gekauft.

»Scheißladen«, sagte sie nur, und ich hoffte, dass sie die gleiche Meinung zum DJ-Verkäufer hatte.

Das war der Unterschied zwischen uns. Ich kam irgendwohin und wusste gleich, dass es hier scheiße war. Für Luca war alles immer erst mal ganz toll, bis sie merkte, dass es doch scheiße war. Dann waren wir einer Meinung. Aber bis dahin konnte man manchmal stundenlang diskutieren. Wahrscheinlich ist das der einzige Unterschied zwischen Männern und Frauen. Männer erkennen die Scheiße eher.

Wir saßen zusammen auf der Treppe und hatten vor, dort zu sitzen, bis der Regen aufhörte. In der Zwischenzeit machten wir uns über die anderen Leute lustig, die in den Hauseingängen gegenüber standen und als wir gerade einen besonders albernen Typen mit zwei Plastiktüten auf dem Kopf verbal niedergemacht hatten, sagte ich zu ihr: »Ich hab von dir geträumt.«

Es trat eine kurze Stille ein, bevor sie mich fragte, was das denn für ein seltsamer Traum gewesen sei. Ich hatte keine Ahnung, denn ich hatte ja nicht von ihr geträumt. Ich träume nicht mehr, und der einzige Traum, der mir einfiel, war der mit der Rauchsäule an der Autobahn. Ich erzählte ihr die ganze Geschichte, nur dass ich das Ende ein wenig abänderte. Mitten in der Flammensäule stand nämlich sie und schleuderte mir Blitze und Konfetti entgegen. Auf die Schnelle fiel mir nichts Besseres ein, und ich hielt das für einen ganz passablen Höhepunkt.

»Endlich mal einer, der von mir träumt«, sagte sie, und ich sagte lieber gar nichts. Vielleicht kam ja noch was. Es kam noch was:

»Deine Mutter hat mich übrigens für morgen zum Essen eingeladen.« Was zur Hölle war das für ein bekloppter Traum gewesen? Dagegen waren meine ja harmlos.

»Weil ich ja jetzt wieder länger weg bin.«

Wovon sprach die Frau?

Das war das Schöne mit ihr: Sie gab sich nie mit Erklärungen ab. Wenn sie es irgendwem erklärt hatte, dann reichte ihr das. Es jedem, der Anspruch darauf hatte, zu erzählen, war ihr zu mühsam. Also war man ständig damit beschäftigt, sich den unbekannten Rest im Gehirn zusammenzureimen. Es wurde nie langweilig.

»Also, wir sehen uns morgen bei dir.« Sie sprang auf. Der Regen hatte inzwischen nachgelassen, und sie rannte zur Bushaltestelle, wo gerade ihr Bus ankam. Wie ein kleines Kind hüpfte sie über die Pfützen, sprang über den großen See am Bordstein und war mit einem Satz im Bus verschwunden, der sie dröhnend und wasserspritzend davontrug. Sie hatte sich nicht mal umgedreht.

33

Gedankenteilung

»Wenn du was machst, dann mach es richtig.«

Ich wusste nicht, ob der Drache mein ganzes Leben meinte oder ob er sich nur auf Frau Grieger bezog, die ich vergessen hatte. Ich saß in der wöchentlichen Teambesprechung der Diakonie, und Oberschwester Barbara kreischte mich an. Ich war mit den Gedanken woanders.

Das Zusammenreimen des Unbekannten hatte ergeben, dass Luca in drei Tagen nach Spanien flog. Zu Triefauge Nicky, dessen Eltern dort ein großes Haus auf dem Land hatten. Mit Pferden und allen Schikanen. Sie würde die ganzen Herbstferien bleiben und dann noch eine Woche Schule blau machen. Sie wollte die letzten spanischen Sonnenstrahlen genießen. Sie wollte mit Peppone am Strand schwitzen.

Ich schwitzte im heiligen Versammlungsraum der weißen Engel. Zum ersten Mal ging mir alles hier richtig auf den Sack. Aber ich selbst war schuld daran, und das ärgerte mich am meisten. Ich hatte Frau Grieger vergessen, weil ich den ganzen Tag an Luca gedacht hatte. Wieso hauten alle, an denen mir was lag, einfach ab? Ich schien fast jedem auf diesem beschissenen Planeten egal zu sein. Nur meinen Alten nicht. Aber bei denen würde es auch bald soweit sein, wenn ich mich weiter so daneben benahm. Frau Grieger hatte von morgens halb zehn bis zum Abend, als die Spätschwester kam, auf ihrem elektrischen Sessel am Fenster gesessen und in einen Garten gestarrt, in dem es für sie schon seit zwanzig Jahren nichts Neues mehr zu sehen gab. Ich hätte sie mittags ins Bett bringen sollen. Ich sah sie plötzlich vor mir, wie sie da saß und auf die Fensterbank starrte. Das Telefon außer Reichweite und die Fernseherfernbedienung auch. Und die Schmerzen durch die drückende Blase wurden unerträglich. Und irgendwann musste sie einfach in die Hose pinkeln. Sie hatte zwar immer Unterlagen, aber sie war nicht inkontinent. Sie musste sich entscheiden, laufen zu lassen. Was musste das für ein übles Gefühl sein, sich absichtlich vollzupissen. Hatte sie deswegen geweint? Mir wurde plötzlich ziemlich schlecht. Ich wollte einfach nur noch raus hier. Die anderen Schwestern guckten betreten auf den Tisch vor sich, während die Stabschefin mich runtermachte. Ich wusste nicht, was ich sagen sollte. Ich wollte mich vor allem nicht rausreden, denn sie hatte ja Recht. Ich hatte Scheiße gebaut, und es tat mir verdammt Leid. Aber so, wie sie mich jetzt anschrie, verspürte ich auch keine Lust, ihr das zu sagen. Also sagte ich gar nichts und starrte auch auf den Tisch.

Plötzlich hörte ich die Stimme von Anna:

»Ich denke, das reicht jetzt. Das kann jedem mal passieren. Solange es nur einmal passiert. Ich denke, Daniel hat das begriffen. Daniel macht seinen Job verdammt gut, und er hat verdammt viel Verantwortung, dafür dass er nur ein Zivi ist. Ohne ihn liefe der ganze Laden hier nicht halb so gut. Und ich kann mich noch gut an die anderen Zivi-Nasen erinnern. So jemanden wie Daniel hatten wir hier noch nicht.«

Sie funkelte ihre Chefin mit ihren großen, braunen Augen an. Und dann lächelte sie mir zu. Oberschwester Barbara stand nur noch da und schnaubte. Liebe Anna, schönste aller Schwestern, allein dafür will ich mit dir schlafen, dachte ich nur. Wenigstens eine, der ich keineswegs egal war. Ich überlegte, ob das die Aufgabe meiner Verliebtheits-Kuschel-Erstes-Mal-Vision rechtfertigte.

Ergebnis von Annas selbstloser Drachentötungsaktion war, dass ich den Rest des Tages über zwei Frauen nachdenken musste. Das war zwar nicht weniger anstrengend, aber immerhin abwechslungsreicher.

34

Abendessen auf Alpha Centauri

Es war keiner von Lucas absurden Träumen gewesen, es war Realität. Meine Mutter hatte sie zum Essen eingeladen. Sie hatte mitbekommen, dass ich viel mit ihr rumhing und sich ihre Gedanken gemacht. Sie interessierte sich sehr für Luca. Wahrscheinlich hatten alle schon befürchtet, ich sei schwul, und weil sie jetzt so erleichtert waren, hatten sie Luca eingeladen. Ohne dass ich es wusste.

Meine Oma sagte immer: Gutes Essen ist wichtig für junge Leute. Ich bezweifelte, dass dieses Essen gut für mich war. Das unheimliche Gefühl, das ich schon den ganzen Tag verspürt hatte, wandelte sich nun in nackte Angst. Ich hatte die dunkle Vorahnung, dass meine Mutter ein paar ganz dunkle, ahnungslose Sachen sagen oder fragen würde. »Und, hast du deine kleine Freundin schon gefragt, ob sie noch was möchte?« war eine dieser überwältigenden Fragen. Allein bei dem Gedanken daran stellten sich meine Nackenhärchen auf wie Eiszapfen. Aber es konnte härter kommen: »Und, wie sagt man heute? Wie lange geht ihr schon miteinander?« Oder die Ich-bin-eine-aufgeschlossene-Mutter-und-war-in-den-Sechzigern-auch-jung-Nummer: »Luca, mal unter uns Frauen: Was ist denn deine Lieblingsstellung mit meinem Sohn?«

Der Abend konnte ein regelrechtes Fiasko werden, das wurde mir in diesem Moment bewusst. Vielleicht hätte ich meine Mutter vorher aufklären sollen. Jetzt war es zu spät.

Nun stand alles auf der Schneide von Mamas Chromaganmesser, das gerade den Schweizer Braten zerteilte wie ein Rasiermesser Butter. Ich traute dem Braten nicht. Es war soweit alles ganz gut gelaufen, wenn man davon absah, dass mein Bruder beim Aperitif Heikes Sektglas um- und in die Erdnussschüssel reingedengelt hatte, in der sich gerade Lucas rechte Hand befand, die sie auch prompt herauszog und damit Erdnüsse und Sekt auf den teuren Wohnzimmerteppich beförderte, den meine Mutter hektisch zu wischen anfing. Aber sonst waren wenig Peinlichkeiten aufgetreten. Ein kurzes Gespräch über Lucas geschiedene Eltern, ein klein wenig den Latino-Lover thematisch angeschnitten, dann kurz über Verhütung im Allgemeinen gesprochen, also nur die kleineren Peinlichkeiten, nichts, was einen wirklich hätte erschüttern können. Trotzdem saß ich irgendwie auf glühenden Kohlen. Das dicke Ende kam noch, darauf konnte ich mich bei meiner Familie verlassen.

Ich konzentrierte mich deshalb ganz auf meine Erbsen. Meine Gabel war ein Verladeroboter, der Kalorien-Rationen in den Galaxienzerstörer lud. Sssssssssssst. Das Tor des Stauraums öffnete sich mit metallischem Gekreische. Viele Jahre würde die Mannschaft unterwegs sein, in den ungewissen Weiten einer neuen Abkürzung zu Alpha Centauri. Hier war noch kein Mensch vorher gewesen. Meine Mutter entschied sich für die harmlose Variante:

»Daniel, hast du deine kleine Freundin schon gefragt, ob sie noch Wein möchte?«

Die Jury gab sechs von zehn Punkten, da wär noch mehr drin gewesen. Der Verladeroboter spürte, wie er von der umstehenden Besatzung angeglotzt wurde. Was wollten sie von ihm? Er hatte zu tun. Ein Häufchen von Schrauben und Rädern, das niemals zum Stillstand kam. Er kannte nur das Arbeiten. Er musste Erbsen für eine ganze Strafkolonie verladen, die irgendwo da draußen auf einem verkackten Planeten hauste und sehnsüchtig auf Gemüse wartete. Die Ankunft der Versorgungsfähre war die einzige Abwechslung, die sie hatten. Also, was wollten die Umstehenden von ihm? fragte sich der blecherne Kollege und schaufelte weiter Erbsen. Sssssssst. Stauraum auf.

»Daniel?«

Die Pilotin des Mutterschiffs ließ nicht locker. Wenn er nicht reagierte, würden sie ihn in seine Aluschräubchen zerlegen und die Überreste bis hinter den Andromeda-Nebel schießen. Der Roboter hielt inne. Als er sein eines Kugelauge über die Mannschaft schwenkte, sah er die geifernden Gesichter des boshaften zweiten Flottenkapitäns Eikeheike. Eine Symbiose aus einem Menschen und einem schleimigen Neokretaner mit zwei Köpfen. Die Neokretaner wohnten am Arsch des Universums und verseuchten von dort die Galaxien. Sie sonderten denkenden Eiter ab, der sich in die Ritzen der Gehirnwindungen eines Menschen verkroch, um dort totale Idiotie zu erzwingen. Wenn der Mensch dann willenlos war, wurden sie die Herrn seines Körpers. Sie waren durch und durch böse. Eikeheike war befallen. Und so etwas durfte in die Familienflotte. Der Roboter war in diesem Augenblick froh, dass er kein Emotionsimplantat bekommen hatte und so Eikeheike gegenüber keine Gefühlsregungen äußern konnte. Er schaute einfach mechanisch zur Weinflasche, kalibrierte seinen Schwenkarm neu und fuhr ihn aus, um der Mutterschiffkapitänin ihren Wunsch zu erfüllen.

Der Roboter hatte einen schlechten Tag. Am frühen Morgen hatte er schon gemerkt, dass ein Ölwechsel sehr bald nötig war. Die Versorgungsfirma hatte Sparmaßnahmen angekündigt. Sie brauchten sich nicht zu wundern. Seine Schuld war es nicht. Er hatte alles richtig berechnet. Da der Schwenkarm jedoch zu schwergängig war, verfehlte Ladeeinheit 19 heute Abend ihr Ziel. Mit einem mechanischen Stoß prallte das äußerste Ende der Lademechanik gegen den Flüssigkeitstank. Die Weinflasche fiel um. Über Lucas Essen. Über ihre Hose und auf den heute etwas überstrapazierten Teppich. Der Laderoboter wünschte sich Lichtjahre weit weg. Im ganzen Universum war es jetzt besser als hier. Außer hinter dem Andromeda-Nebel. Hätte er jetzt wenigstens ein Gefühlsimplantat gehabt, um sein Bedauern zu zeigen, errechnete er sich. Ein Computerleben besteht aus Einsen und Nullen. Wie konnte es sein, dass immer ich die Nullen erwischte? Sssssst. Eine Maschine kannte kein peinliches Schweigen. Der Ausleger fuhr wieder in die Erbsen. Die Schicht war noch lange nicht vorbei. Ein Roboter muss arbeiten, selbst wenn er gerade die Prinzessin der Föderation unter einem Tank Flüssignahrung begraben hat.

Sie stand in der Mitte meines Zimmers unter der Deckenleuchte, und ihr Haar wurde von oben angestrahlt. Es sah aus wie ein kleiner, diffuser Heiligenschein. Die Heilige war wütend.

»Sag mal, spinnst du? Was war denn mit dir los beim Essen?«

Genau wie in meinem Traum schien sie inmitten einer Flammensäule zu stehen und schickte mir Blitze aus ihren Augen entgegen, ich wartete auf das Konfetti. Ihr Gewand war hinüber, das sah man sofort.

»Scheiße, das war echt teuer. Du hast einfach weitergegessen, als ob es dir egal wär.«

Diesmal gab's kein Konfetti. Sie war die heilige Göttin des Zorns.

»Ich hätte Ärger mit der Versorgungsfirma bekommen«,

surrte ich ihr ergebungsvoll entgegen. Wer hätte so eine Erklärung befriedigend gefunden? Ich konnte ihren Zorn verstehen, als sie mir einen neuen Kugelblitz entgegenschleuderte:

»Du spinnst doch. Was redest du eigentlich für einen Scheiß?«

Ein Blitz hat 10.000 Volt. Das fällt in Roboterkreisen unter den gefürchteten Begriff »Überspannung«. Wenn sie mich richtig traf, dann war es aus.

»Und was war das für ein Kleine-Freundin-Gequatsche von deiner Mutter? Glaubt die, dass wir miteinander gehen, oder was?«

Der Roboter kam sich vor, als stünde er auf einer scheinbar endlosen Wiese. Als höchster Punkt, das Gewitter aus Kugelblitzen direkt über ihm. Er war das perfekte Ziel. Hätte das künstliche Hirn ein Emotionsimplantat gehabt, hätte es jetzt gefragt: »Wäre das so schlimm, wenn wir miteinander gingen?« Und dann hätte es ganz eindringlich in das Gesicht der heiligen Göttin des Zorns geblickt und gesagt: »Ich liebe dich.« Auch wenn der Augenblick vielleicht nicht der geeignetste war. Aber er war nun mal für diesen Fall nicht ausgerüstet. Er konnte lediglich Erbsen verladen. So grub sich Ladeeinheit 19 in das Erdreich, um wenigstens ein schlechteres Ziel abzugeben. Er fuhr die Systeme runter und starrte geradeaus. Die Göttin des Zorns blitzte ihn noch eine Weile an, dann drehte sie sich um und verzog sich in ihre himmlischen Gefilde. Der kleine Laderoboter lag hilflos unter Tonnen von Erde. Er hatte sich sein eigenes Grab geschaufelt. Als der Regen einsetzte, wusste er, dass er bald unter den Zuckungen seiner Kurzschlüsse ein ungemütliches Ende finden würde. Elektronikschrott schoss man auf diesem Planeten gewöhnlich hinter den Andromeda-Nebel.

35

Abschied, die Zweite

Meine Baseballkappe fährt in die weite Welt hinaus. Nach Spanien. Anscheinend war Luca doch nicht so wütend gewesen. Vielleicht war sie auch einfach nur zu bequem. Auf jeden Fall durfte ich sie trotz des Fiaskoabends zum Bahnhof fahren. Weil es regnete, hatte ich ihr meine Lieblingskappe geliehen. Mein Plan war, ihr das Ding wieder vom Kopf zu reißen, wenn sie gerade in den Zug einstieg. Sie hatte behauptet, dass sie sie nach dem Urlaub wieder mitbringt. Liebe war eine Sache, meine Kappe eine andere. Ich musste sie überrumpeln, um überhaupt eine Chance zu haben. Ich wusste, dass ich das Ding nie wieder sehen würde, wenn sie einmal damit losgefahren war. Und nun fährt der Zug gerade aus dem Bahnhof, und sie steht am Fenster des Ganges und winkt mir zu. Die Kappe winkt höhnisch mit. Ich hatte es im entscheidenden Moment vermasselt. Als der Zug losfuhr, hatte ich in ihre Augen geblickt, und alles andere wurde Nebensache. Ich hasste mich dafür. Ich wurde unzurechnungsfähig, wenn diese Frau mich ansah. Nicht mal meine Kappe hatte ich retten können. Wie sollte ich mich selbst retten, wenn sie irgendwann mal endgültig abhaute? Wenn wir alles besprochen hatten und ich sie nie wieder sehen würde.

Ich stehe noch drei Minuten auf dem beknackten Bahnhof. Ich höre das Hupen vor dem Bahnhof bis hier, weil meine Karre mal wieder mitten im Weg steht. Als ich einsteige und losfahre, sehe ich fünf Mittelfinger mir entgegengestreckt. Solange ihr keine anderen Probleme habt. Ich habe eben meine beste Kappe dem spanischen Strandwind anheim gegeben. Und meine Liebe einem spanischen Strandköter. Ich fuhr gefährlich nach Hause und verpasste mir eine Dröhnung Portishead. Die Schmerzen wurden unerträglich. Schreiben:

Romantik am See

Fünfmal. Dann soff er ab. Heute war nicht meine Nacht. Auf dem spiegelglatten See waren sechs Hüpfer Pflicht, acht waren gut. Sie saß hinter mir auf dem spärlichen Grün zwischen Bifi-Tüten und Zigarettenstummeln. Ich hatte zuviel Erfolgsdruck im Nacken. Die Show war erbärmlich.

»Jetzt komm endlich.«

Der halbe Mond beleuchtete halbherzig die ganze Szenerie. Das kleine Feuer, die Weinflasche, die wir nicht aufbekamen, weil ich natürlich den Öffner vergessen hatte, und die Reste der Sardellenpizza, die wir unterwegs geholt hatten. Sie schmeckte wie bereits verdaut, und wir hatten beschlossen, die Sardellen zu ertränken. Wir hatten die Pizza in Einzelteile zerlegt und Richtung Wasser geworfen, aber die Teile flitschten noch schlechter als die Steine, und so hatten wir den Spaß daran verloren. Neben ihr moderte der Rest im Mondlicht noch vor sich hin. Mein Arm verkrampfte sich immer mehr. Ich war mittlerweile bei drei Hüpfern angekommen. Es war ein Fiasko. Ohne einen Sechser würde ich mich nicht vom Ufer wegbewegen.

»Ich langweil mich.«

Und ich erst. Es gab nichts Langweiligeres, als hier zu stehen und Steine zu schmeißen. Ich hätte sie gerne beschäftigt. Uns die Langeweile vertrieben. Ganz sanft, mit meiner Zunge in ihrem Ohr. Aber ohne einen Sechser würde hier nichts passieren.
Eins, zwei, drei, vier, fünf, weg. Zählte das sechste Mal Aufklatschen noch als Titscher, oder musste der Stein noch mal die Oberfläche verlassen, und man hatte erst mit sieben Wasserkontakten sechs Titscher? Ich war dabei, mich selbst zu bescheißen. Ich war kurz davor, weich zu werden. Aber wer fünf schaffte, der schaffte auch sechs.
»Einen noch, hab's gleich«, rief ich ihr leise über die Schulter zu. Ich bekam keine Antwort. Ich konnte nicht einfach aufhören. Ich konnte nicht vor einem blöden See kapitulieren. Ich konnte mir nicht einfach eingestehen, nicht fähig zu sein, einen Stein sechsmal titschen zu lassen.
Der Kassettenrekorder erstarb mit einem kleinen Jaulen. Tom Waits in den letzten Zügen. Dann war Stille. Nicht mal die Batterien hielten dieser Prüfung stand. Wie sollte sie das schaffen? Wenn sie wirklich was von dir will, dann wartet sie. Ich machte es mir einfach. Aber es war eh schon alles am Arsch. Alles war gefloppt. Der Wein, die Musik, das Essen, das idyllische Ufer und auch der bescheuerte Mond, der sich langsam hinter eine dicke, dunkle Wolke verkroch. Hier gab es nichts mehr zu verlieren. Außer der Selbstachtung. Und dem Wettkampf gegen den See. Ich hatte mich bei Fünfern eingependelt. Doch das half nichts, ich brauchte einen Sechser. Sechser sind lächerlich. Auf einem stillen See ist das absolut albern. Umso schlimmer.

Ich hatte schon länger nichts von ihr gehört. Vielleicht war sie schon abgehauen. Von hier aus war sie in drei Minuten zu Hause. Ich wollte mich nicht umdrehen, um nachzuschauen. Ich wollte den leeren Fleck nicht sehen. Ich hatte mal wieder alles kaputtgemacht. Den Wein, die Musik, das Essen, den Mond, das Ufer. Alles hinüber. Meine Schulter schmerzte. Die guten Steine wurden rar. In meinem Ellbogen begann es zu ziehen. Ganz ruhig. Mach dich locker, und dann konzentriere dich. Du brauchst nur einen guten Wurf. Ein guter Stein und ein guter Wurf und dann kannst du endlich nach Hause gehen. Am besten ein Achter. Dann hast du doch noch ein Erfolgserlebnis gehabt heute Nacht. Es konnte doch nicht so schwer sein.
Der Morgen graute, als es endlich soweit war. Mit roten Augen schaute ich dem kleinen beigegrauen Steinchen hinterher, das siebenmal hüpfte und dann lautlos abtauchte. Meine Augen brannten, mein Arm war die nächsten drei Tage sicher nicht zu gebrauchen, aber eine wunderbare Zufriedenheit kehrte in mich ein. Es hatte sich gelohnt. Ich stand am Ufer, streckte mich und begrüßte erschöpft den Tag. Ich würde nach Hause gehen, warm duschen und dann schlafen. Eine Woche lang. Als ich mich umdrehte, das Ufer hinaufzusteigen, sah ich sie. Sie war immer noch an der Stelle, wo ich sie vor vier Stunden das letzte Mal gesehen hatte. Sie schlief, und ihr Gesicht lag fast in der Sardellenpizza, und ich wusste in diesem Augenblick, dass die Suche ein Ende hatte.

Es war halb drei, und ich wurde müde.

Aber ich versetzte meinen Körper in einen Koffeinrausch, dass es nur so zitterte, und schrieb weiter.

Gleis vier

Eine Umarmung wie ein Kuss,
auf die Wange, sanft und scheu,
und schnell vorbei,
doch länger, als der Bahnsteig,
auf dem wir gehen.

Ein Zug wie ein Sturm,
durchs Haar, wild und rauh,
und weht dich weg
und zerrt an mir
doch ich bleib stehen.

Und die Kappe war auch weg.

Der Morgen graute wirklich, als ich die letzten Zeilen in mein Notizbuch schrieb:

Was ist los mit dir? Du bist neunzehn und benimmst dich wie ein kleiner Junge. Das liegt daran, dass du dich auch fühlst wie ein kleiner Junge. Du wirst nie erwachsen. Das ist gut.

36

Hautfett

Mit den Vögeln und den Mädchen zogen auch meine Eltern Richtung Süden. Sie verbrachten die Herbstferien in Italien. Ich war also allein zu Hause, wenn ich das Glück hatte, dass der Juniorflottenkapitän Eikeheike nicht auftauchte. Dennis war nach Hamburg gefahren, eine Wohnung suchen. Viel Zeit und Raum zum Totschlagen. Das Wetter war nicht zum Rausgehen, und meine Laune war nicht zum Ausstehen. Der einzige Weg, den ich noch über mich brachte, war der zum Kiosk am Ende der Straße, aber auch da nur bis in die Ecke mit dem Bierkastenstapel und der Tiefkühltruhe am Wegesrand zur Kasse.

Es war trostlos. Ich hing vor dem Fernseher und hatte schon das ganze Gesicht voll Pickel. Meine Ernährung förderte meine Gesichtshautfettabsonderung beträchtlich. Als ich merkte, dass ich gerade die dritte Wiederholung einer Mittagstalkshow sah, wusste ich, dass ich etwas ändern musste. Ich durfte mich nicht einlullen, ich musste mich wachrütteln. Auf die Probe stellen. An meine Grenzen treiben.

37

Drehwurm

Die Decke hatte sich kaum verändert. Sie war nur ein kleines Stückchen auf mich zugekommen. Das beruhigte. Auch das restliche Zimmer war ähnlich geblieben. Stagnation schafft Sicherheit. Nur der Parkettboden fing langsam an, bretthart zu werden. Spanische Cross-Over-Musik brachte die atomare Struktur der Luftmoleküle über mir ins Wanken.

Wie war das, wenn man verrückt wurde? Warum glaubte ich, einen Tumor im Bauch zu haben, und wer hatte ihn dort hineingepflanzt? Wie war das, wenn man Stimmen in seinem Kopf hörte? Wer hatte das gesagt?

Neben mir auf dem blanken Holzparkett lagen die Überreste von siebzehn Äpfeln. Jedesmal, wenn ein neuer Apfel dazu kam, zählte ich sie durch. Ich wollte meinen Mitessern mit natürlichen Vitaminen die Hölle heiß machen. Auch den Biergenuss hatte ich eingestellt. Ich hatte die Fenster aufgerissen, damit die Kälte den Schimmelpilz daran hinderte, mich komplett zu überwuchern, und mir war es dadurch gelungen, die Zimmertemperatur unter zehn Grad zu halten. Ab und zu kam ein Blatt durch eines der Fenster hereingesegelt, aber die meiste Zeit regnete es draußen, und dann flog gar nichts. Zusammen mit dem Herbstwind wollten auch die Nachbarn das Haus stürmen. Sie mochten keine spanische Musik und klingelten jetzt schon seit zehn Minuten. Ich merkte, dass ich langsam zu entspannt wurde, und mein Körper Richtung Einschlafen ...

Als ich aufstand, um in der Küche nach Äpfeln zu sehen, und die Musik ausschaltete, hörte auch das Klingeln auf. Vielleicht war es in meinem Kopf gewesen. Ich machte auf dem Weg zur Küche noch einen Abstecher zur Toilette. Die Äpfel machten auch meinem Magen die Hölle heiß. Und da passierte es. Auf dem Klo las ich den wahrhaftigsten Satz, den mein Gehirn in der letzten Zeit hatte rezipieren dürfen: SDS-System für werkzeuglosen Wechsel der Wechseleinsatzwerkzeuge. Das war die ganze Wahrheit. Die Erde drehte sich um die Sonne. Eine Schleifscheibe drehte sich um die Achse der Multischleifbürste. Wir drehten uns um uns selbst.

38

Rutschparty

Steffi hat mich angerufen. Sie war ganz hibbelig am Telefon und jammerte, dass sie in den U-Club wolle, aber niemand da sei, alle seien über die Herbstferien weggefahren. Sie hatte also schon rumtelefoniert. Ich war mittlerweile dritte oder vierte Wahl, soweit war es schon gekommen. Mir konnte es nur recht sein. Ich wollte ja nicht wirklich was mit ihr zu tun haben. Sie sollte mich einfach in Ruhe lassen. Um elf holte sie mich ab. Es war schön gewesen, sich nach zweieinhalb Tagen mit offenem Fenster unter eine warme Dusche zu stellen. Meine kleine Zufriedenheitskapsel.

Im U-Club war es laut, eng und stickig. Wie hatte ich das nur vergessen können, fragte ich mich, tat so, als hätte ich Steffi zufällig in der Menge verloren und zog mich mit meinem Bier in eine Ecke zurück. Ich musste an das nette Parkett in meinem Zimmer denken, das mich sicherlich vermisste.

Als ich aus meiner Ecke die hysterischen Fratzen meiner Mitmenschen bei ihrem orgiastischen Tanz beobachtete, hatte ich plötzlich eine kleine Vision.

Ich sah Luca auf der Tanzfläche rumspringen, und plötzlich entdeckte sie mich und kam lachend auf mich zu. Ich hingegen entdeckte, dass es keine Vision, sondern ihre Schwester Maria war, die sich tierisch freute, mich zu sehen. Ich wusste nicht, warum ich sie verwechselt hatte, denn sie hatten nur wenig Ähnlichkeit. Jeder normale Mensch hätte

Maria als hübscher bezeichnet. Gott hatte, wie bei so vielen Geschwistern, beim ersten Kind noch geübt. Ein Prototyp sozusagen. Das zweite war schöner ausgefallen. Größer, schlanker. Augen wie Baggerseen, Brüste straff wie Schwimmflügelchen. Ein kleiner Freizeitpark.

Sie fragte mich, ob ich auf die Wasserrutsche möchte. Zumindest verstand ich das und antwortete wie immer, wenn ich absolut gar nichts verstehe, mit einem ratlos-geheimnisvollen Lächeln. Sie packte mich, riss mich aus der Ecke und fing an, uns beide zu einem Teil der hysterischen Menge zu machen. Irgendwann rieb sie ihre Schwimmflügel an meinem nassen Körper, und ich wusste, dass ich handeln musste, um nicht zu ersaufen. Ich stolperte von der Tanzfläche und zog eine Palette Cocktails quer durch meine Nase. Danach ging's besser. Wir tanzten die halbe Nacht. Die Nahrungsgrundlage aus Äpfeln hatte mich nicht gerade alkoholresistent gemacht, und so war es schnell vorbei mit mir. Zum Glück stolperten wir beim Verlassen des Ladens direkt vor die Füße von Lollek und Bollek. Die coolsten Bullen von Amerika. Sie lachten, als sie mich sahen, und fuhren uns beide nach Hause. Jeden bis vor seine Haustür.

»Da hast du dir aber was durch die Lappen gehen lassen«, rief mir Lollek hinterher, als ich aus dem Streifenwagen rollte. »Die war ganz schön scharf auf dich.«

Ich versuchte, mit einem eleganten Schwung auf die Eingangstreppe zu springen. Ich war ein Tier. Die Frauen rannten nur so hinter mir her, und vor mir saßen meine beiden größten Fans. Sie hatten sich eine kleine Vorstellung verdient. Ich riss dabei die Treppenlampe halb ab, und mit einem leisen Plöp erlöschte die Bühnenbeleuchtung.

»Ja.«

Wortgewandt wie immer rief ich es von meinem Rednerpult. »Ich wollte nicht ersaufen! Ich hab noch keinen Fahrtenschwimmer.«

Sie lachten und brausten davon. Sie waren die Herren des Häuserblocks. Die Wächter meines kleinen Universums. Sie passten auf mich auf, und das war gut zu wissen. Als ich im Flur am Kalender vorbeischwamm, fiel mir auf, dass ich morgen wieder Dienst hatte. Meine drei Bruttoregistertonnen Verdrängung hatten mir einen Streich gespielt. Ich hatte es tatsächlich vergessen. »Morgen« bedeutete kleinlich übersetzt »In drei Stunden«. Ich nahm meinen Kompass und bugsierte den Kahn langsam in die Koje.

Wurden heute fast geentert,
wären dabei fast gekentert

schrieb ich ins Logbuch, und der stürmische Seegang riss mich in einen wankenden Schlaf. Ein Kapitän, der seekrank wird, fluchte ich, als ich mitten in der Nacht wach wurde und über die Planken kotzte, dass es sich gewaschen hatte.

39

Job machen

Opa Bröking ist tot. Ich hatte heute Morgen meine Tour wie immer, und schon beim ersten Patienten war gar nichts mehr wie immer: Er war nicht mehr da. Ich fand nur noch eine weinende Enkeltochter, die den dankbaren Job hatte, auf mich zu warten und mich aufzuklären. Sie hatten ihn in der Nacht ins Krankenhaus gefahren, und er war noch vor Tagesanbruch gestorben.

Ich war schon wieder auf dem Weg zum Auto, als mir auf der Treppe einfiel, dass ich die Kladde mit den Pflegenotizen holen musste. Sie war wichtig für die Ärzte, und Schwester Barbara hätte mich gleich neben Opa Bröking gelegt, wenn ich sie vergessen hätte. Ich drehte mich um, um ein zweites Mal die heulende Enkeltochter zu belasten. Sie öffnete erst nach dem dritten Klingeln.

Das alte Haus, dass mal Opa Bröking gehört hatte und auf das sich jetzt bestimmt seine Tochter freute, wirkte, als sei es mit ihm gestorben. Es war so still, als läge es weit außerhalb der Stadt. Irgendwo tickte eine Uhr, und auch seine Katze tickte sinnlos durch die Gegend. Sie rannte die Treppe zum ersten Stock hinauf, um zehn Sekunden später wieder hinunterzurennen. Dann drehte sie sich um und rannte wieder hoch. Sie wollte ihrem Herrchen folgen und sich zu Tode laufen. Ich folgte ihr beim nächsten Anlauf und ging die Treppe rauf in den ersten Stock.

In seinem Zimmer war fast alles beim Alten. Nur seine Wolldecke lag auf dem Boden. Er hatte sie immer über das Fußende des Bettes gelegt bekommen. Er hatte immer kalte Füße und konnte dann nicht schlafen. Jetzt lag sie zusammengeknüllt in der Mitte des Zimmers auf dem grauen Linoleumboden. Und weil gerade die Sonne für einen Augenblick durch die Wolken brach, strahlte die Decke von dort ihr helles Orange in den ganzen Raum. Ich stellte mich einen kurzen Augenblick in den Sonnenstrahl, und er erwärmte meine unbedeckten Arme.

Der ärmellose Kittel wurde langsam zu kalt, um ihn ohne Pullover zu tragen, dachte ich. Es dauerte nicht mehr lang, und es war Winter. Gerade als sich die Sonne wieder verzog, schaute die Katze zur Tür herein und beobachtete den seltsamen Typen, der sich die letzten Wochen immer um ihr Herrchen gekümmert hatte und jetzt im Zimmer stand, wie angenagelt. Er war heute das letzte Mal hier. Ich nahm die Kladde und warf von der Tür noch einen letzten Blick in das Zimmer, zusammen mit der Katze. Dann drehten wir uns um und gingen.

Den Rest des Dienstes musste ich verdammt aufpassen, keine Tabletten zu verwechseln, meine Alten mit ihren Rollstühlen nicht rückwärts die Treppe runterzuschicken oder etwas ähnlich Gedankenloses zu tun. Mir war kotzübel, und als ich endlich zu Hause war, konnte ich keinen Bissen essen. Denken konnte ich auch nicht. Ich ließ elektronisch erzeugte Bilder mit einer Frequenz von 50 Hertz auf mich einprasseln, bis es zwei Uhr nachts war. Dann ging ich ins Bett. Ich wusste, dass ich am nächsten Tag wieder früh raus musste. Weiterarbeiten, als sei nichts gewesen. Ich konnte eine halbe Stunde länger schlafen, weil mein erster Patient tot war.

Ein Glück, dass ich nicht träume.

40

Möbelrestauration

Ich überlegte, wie viele Leute es gab, an denen mir was lag und die nicht einfach abgehauen waren. Am ehesten war das noch bei Maria der Fall. Ich rief sie an. Sie war überrascht. Sie hatte sich für heute schon mit Freundinnen verabredet. Sie sagte ihnen ab. Wieder eine Frau, bei der ich einen Stein im Brett hatte.

Ich saß in dieser Pizzeria und hörte dem sinnlichsten Mund der Stadt interessiert zu, wie er berichtete, was er die letzten siebzehn Jahre so getrieben hatte. Sie brauchte eine Vorspeise, ein Hauptgericht und den Nachtisch, um alles zu erzählen, und es wurde nie langweilig.

Danach war ich dran. Ich schaffte es in der Zeit eines Espressos. Mein Leben hatte bislang nicht allzuviel hergemacht, stellte ich in diesem Augenblick fest. Noch dazu hatte ich die Hälfte der Zeit über Opa Bröking geredet, aber ich merkte, wie gut es tat, jemandem davon zu erzählen. Wir sprachen nicht über Luca, und auch das tat gut. Selbst wenn vieles an Maria an die große Schwester erinnerte, war sie doch ganz anders. Sie war nicht so egoistisch. Nicht so selbstüberzeugt. Nicht so intolerant.

Ich fragte mich, ob ich sie trotzdem lieben könnte.

Nach dem Espresso sind wir noch zu ihr. Ich glaub, sie wollte mehr von mir an diesem Abend, aber ich hatte wie immer meine Bedenken. Bei ihr war keiner zu Hause, also schlugen wir uns die halbe Cocktailbar ins Gehirn, traten ihre Musikanlage bis zum Anschlag und sprangen zu Nirvana-Songs im Zimmer rum. Sie hüpfte auf ihrem Bett hin und her, ich vom Sofa auf den Boden, auf das Schuhregal und wieder zurück. »Smells like teenspirit« in der Klapsmühle.

Der Teenspirit war schlagartig am Ende, als sich das Schuhregal unter mir verabschiedete und mit einem Krachen die einzelnen Fetzen durchs Zimmer flogen, meine Wenigkeit eingeschlossen. Das war ein peinliches Missgeschick, aber dafür konnte ich behaupten, mal wieder das Haus gerockt zu haben. Maria nahm es ganz locker und machte sich auf den Weg in den Keller, um Holzleim zu holen.

Während ich auf sie wartete, durchstöberte ich den Briefestapel auf ihrem Schreibtisch. Das war schon wieder nicht die feine englische Art, aber wenn man sein ganzes Leben bemüht ist, einen perfekten Gentleman abzugeben, braucht man ein paar Ausfälle.

Lauter uninteressantes Zeug war auf diesem kleinen Stapel angehäuft: Einladungen, alte Eintrittskarten, zwei Postkarten aus Moskau von Vladiwitschikov oder so, mehrere ungeöffnete Briefe, auch aus Moskau, auch von Vladi, Rechnungen, Rechnungen, Überweisungen, ein halbes Nacktfoto von Maria, ein Taschenkalender ... Hey, ein Nacktfoto!

Das Bild sah aus, als hätte eine Schulklasse im Kunstunterricht das Thema »Ästhetik in der Einöde« gestellt bekommen: Der Fotograf war der Aufgabe bestens gerecht geworden. Das Foto sah aus, als hätte da jemand zum ersten Mal in seinem Leben eine Kamera in der Hand gehabt, und der Hintergrund, ein total verdreckter Strand, war auch schlecht gewählt. Aber das Hauptmotiv war ein Anfängerglücksfall.

Sie war einfach schön. Extrem schön. Sie lachte in die Kamera. Man sah ihr Gesicht, man sah ihre nackten Schultern, und genau auf der Höhe ihrer linken Brustwarze war das Bild abgeschnitten. Das runde Ding, der zentrale Punkt des Universums, in der Mitte durchtrennt. Der Betrachter war gezwungen, sich den Rest vorzustellen, aber gerade das machte die Erotik des Fotos aus. Wahrscheinlich hatte die Kunstlehrerin dem Knipser eine fünf dafür verpasst. Weil sie so erschrocken über ihre eigene Erregung war.

Der Fotograf hatte früh lernen müssen, dass wahre Kunst selten verstanden wird. Ich konnte das Bild gerade noch rechtzeitig zurück zwischen den anderen Krempel stecken, als ich Maria die Treppe raufhüpfen hörte. Als sie mit dem Holzleim in der Zimmertür stand, bereute ich schon, es nicht einfach geklaut zu haben.

Das Regal wollte trotz ihres Superleims nicht mehr halten, und so bauten wir einfach ein Dreieck mit Ablage obendrauf. Zum Schluss war es ein kleiner Tisch geworden, und Maria freute sich, weil das lustiger war als ein Schuhregal.

Dann schmissen wir uns auf ihr Bett und guckten Blade Runner. Es war für mich das elfte Mal. Und nach genau elf Minuten war ich in ihren Armen eingeschlafen. Sie war warm und weich und schön, auch wenn ich die Augen geschlossen hatte. Es war ein toller Abend.

41

??????????

Ich arbeite wie ein Bescheuerter. Ich stehe morgens um sechs auf, klotze bis zwei bei der Diakonie und gehe dann zum Akzenta und arbeite im Kühlraum bis acht. Wenn ich abends völlig durchgefroren nach Hause komme, kann ich nur noch bewusstlos aufs Bett fallen und schlafen. Luca ist immer noch unterwegs, und Arbeiten die einzige Möglichkeit, sie halbwegs zu vergessen. Außerdem brauche ich Kohle. Ich habe beschlossen, nach dem Zivi-Dienst aus der Stadt abzuhauen.

Die Erschöpfung treibt seltsame Spiele mit mir.

Letzte Woche bin ich eines Abends beim Einschlafen plötzlich hochgeschreckt. Ich dachte, dass ich sterbe. Im Augenblick des Einschlafens war mir ein Gedanke durchs Hirn gezuckt: Schlaf nicht zu tief ein. Totsein und Schlafen unterscheidet sich nur graduell. Ich hab in dieser Nacht Angst gehabt. Angst davor, mich wieder hinzulegen. Was war, wenn man tatsächlich jeden Abend mit dem Leben spielte und es einfach nur Glück war, am nächsten Morgen wieder aufzuwachen?

Das war totaler Bullshit. Natürlich war das Bullshit, aber es war so wie damals als Kind, wenn ich nachts vor Durst wach geworden war und darüber nachdachte, wie es wäre, in den Keller zu gehen, Sprudel holen. Natürlich lebte da keiner im Keller, der kleine Kinder fraß. Natürlich glaubte ich auch nicht an Monster oder übersinnliche Kräfte. Aber man musste sein rationales Weltbild ja auch nicht unbedingt gerade in dieser Nacht auf die Probe stellen. Also trank ich Wasser aus dem Wasserhahn und ersparte mir den Weg ins vielleicht doch Ungewisse.

›Stell es nicht auf die Probe‹, dachte ich auch in dieser Nacht. Ich stand auf, aß etwas in der Küche und hatte erst nach einer halben Stunde wieder den Mut, mich hinzulegen. Ich lag im Bett und wartete gespannt, was passierte. Am nächsten Morgen bin ich ganz normal wach geworden. Ich lebte noch.

42

Das Leben kotzt mich an, es kotzt mich an, es kotzt mich an.

Denke ab und zu an Maria, kann mich aber nicht durchringen, sie anzurufen.

Luca kommt anscheinend gar nicht mehr wieder.

Dennis kann mich mal. Der soll am besten heute noch nach Hamburg und auf dem Fischmarkt verfaulen.

Meine Eltern nerven.

Oberschwester Barbara nervt.

Alte Ärsche stinken und nerven.

Halb Spanien rutscht wahrscheinlich gerade über die Frau, die ich mal geliebt habe.

Wochenenden nerven.

Im Zimmer rumliegen, zur Decke starren nervt.

Magenschmerzen kotzen einen an. Der Tumor meldet sich häufiger.

Mein Kopf: leer.

Kaffee ist auch alle.

Schreiben ist für Selbsttherapiearschwichser.

Hab ich nicht nötig.

Ich hab Angst vor Relativpronomen. Ich schreibe einen Relativsatz, und bevor er fertig ist, überfällt mich das Gefühl, dass etwas nicht stimmt. Heißt es der, die oder das? Wieso, weshalb, warum? Ich streiche alle Relativsätze.

Wenn man sich nicht sicher ist, sollte man es ganz sein lassen.

Hatte wieder diesen Traum von der Autobahn.
Kenn das Ende immer noch nicht.
Erschöpfung.
Ich bereue.

43

Kreativ Lesen

Platz für eigene Gedanken. Nutze ihn!

44

Das Manifest der modernen Selbstverarschung oder: du kommst auch noch in mein Buch, Leserungläubiger

Du kannst sagen, was du willst, du kannst machen, was du willst. Du kannst dich mittags um zwei vor einer Million Fernsehzuschauern und hundertfünfzig Studiogästen ausziehen, und es ist nichts Besonderes. Du kannst die Leute nicht mehr erschrecken. Skandale sind Erinnerungen an eine Zeit, in der es noch Tabus gab. Heute gibt es künstliche Skandale, inszeniert und aufgebauscht. Es gibt kein Leben. Künstlichkeit ist unsere Welt. Image ist unser Realitätsersatz. Es zählt nicht, was du bist, sondern was die Leute von dir denken. Prestige ist unser höchster Gott. Wir beten abends, dass wir erfolgreicher werden. Dass wir ein anderer Mensch sind, wenn wir morgens aufwachen. Dass uns alle lieben und bewundern. Wir hören abends Tom Jones und beten, dass es Liebe ist, und am nächsten Morgen wollen wir einen geilen Fick mit der Frau unseres besten Freundes. Und wir feiern unsere Inkonsequenz und unsere Charakterschwäche, indem wir in die Welt hinausposaunen, dass es nur darum geht, sich selbst zu verwirklichen. Wir wollen unser Leben lang jung und sexy sein. Wir haben keine Ideen. Wir drehen

uns im Kreis. Es geht um uns. Die Welt ist Ich. Ich bin die Welt. Ich will bis zu meinem Tod alles erlebt haben, denn danach ist alles egal. Ich denke nur an mich. Ich schreibe ein Buch, nur über mich. Warum guckst du Filme, warum liest du dieses Buch? Hast du keine eigenen Probleme? Du liest es, um die Befriedigung zu bekommen, dass es anderen auch schlecht geht. Du denkst nur an dich, aber alleine willst du auch nicht sein. Du nimmst Drogen, damit alles einfacher wird. Du unterhältst dich selbst. Du lenkst dich ab von deiner armseligen Existenz. Du bist schwach. Du bist klein. Du bist ein Furz im großen Scheißhaus des Universums. Du stinkst, du schwitzt, du wichst dir einen, du frisst, du kackst, du vegetierst, bis es vorbei ist. Endlich vorbei. Du verdünnisierst dich ins Nichts. Du hast die Party gerockt, du hattest einen prima Chill-Out. Du warst der Held des Dancefloors. Du warst die Braut des Abends. Der Morgen graut und du hattest die Nacht deines Lebens.
Glückwunsch.

45

Fragment aus dem Leben eines Versagers

Bei 23 Tassen war Schluss. Mein Kreislauf wollte nicht mehr, mein Herz wollte nicht mehr, ich wollte nicht mehr, das Koffein fraß sich langsam durch die Magenwände.

Ich hab mich krank gemeldet. Im Akzenta bin ich rausgeflogen, weil ich den Abteilungsleiter im Kühlraum eingesperrt habe. War gar keine Absicht, aber als die Tür zugefallen war und ich ihn klopfen hörte, dachte ich, dass er auch mal erleben soll, wie einem die Kälte in die Eier kriecht.

Jetzt bin ich den Job los. Da kann ich immerhin in meinem Zimmer liegen und das Parkett strapazieren. Draußen regnet es in Strömen. Ab und zu klopft meine Mutter an die Tür.

»Alles in Ordnung. Will nur allein sein.«

Ja, alles in bester Ordnung. Morgen geh ich wieder zum Dienst. Ich halt es nicht mehr aus. Vier Tage noch bis Luca. Vier Tage bis zur Apokalypse. Ich leg die Karten auf den Tisch.

Meine Hände zittern,
meine Gedanken auch,
zu viel Koffein im Kopf,
zu viel Verwirrung im Bauch.

46

Imaginärer Disput zweier Liebender

Luca:
Hey, Daniel. Wir sind gar nicht so unterschiedlich, wie du vielleicht denkst.

Daniel:
Ich kann dir sagen, wo der Unterschied ist. Wenn d u nicht da bist, liege ich in meinem Zimmer und setze meinen Körper in einen Koffeinrausch, bis ich mit Magenkrämpfen auf dem Boden rumkrieche.
Wenn i c h morgen nicht mehr da wäre, würde sich in deinem Leben irgendwas ändern?

47

Glück

Wir hatten, was das Leben geben konnte.
Wir lebten eine unbeschwerte Kindheit,
wir bekamen Liebe, wir bekamen Geld.
Wir konnten uns alles kaufen, was es auf der Welt gab.
Wir konnten niemals zufrieden sein.
Wir werden es ewig bereuen.

48

Und es geht weiter

Arbeit macht psychisch stabil. Es geht mir wieder besser. Nach zwei Tagen Altenunterhaltung hört man auf, im Selbstmitleid zu ertrinken. Ich kann es jedem nur empfehlen: Gib dich ab mit Leuten, denen es noch viel schlechter geht als dir, und schon werden dir deine eigenen Probleme ziemlich peinlich.

In zwei Jahren kommt Luca wieder. Andere sagen dazu übermorgen.

49

Fast

Heute nach dem Dienst hab ich Schwester Anna ganz lässig aufgerissen. Ich war mit meiner Tour durch, kam ins Büro und sah, wie sie gerade neue Windeln in das oberste Regalfach im Lagerraum packte. Sie stand auf einer Leiter und bückte sich weit nach vorne, um die Windeln aus dem Karton zu angeln. Ich konnte jedes Mal durch den V-Ausschnitt ihres Kittels bis zum Bauchnabel gucken. Das tat ich auch eine Weile ungeniert, doch es ging ein wenig zu schnell, um richtig was zu sehen. Anna merkte das und hielt in der unteren Position inne, um sinnlos in der Kiste rumzusortieren. Dann schaute sie plötzlich auf und grinste mich an:

»Du kommst noch mit zu mir, auf einen Kaffee.«

Der weiße Engel mit den schwarzen Gedanken kam aus den himmlischen Gefilden herabgestiegen, um kleine Menschenopfer zu verschlingen.

»Äh. Ich hab in letzter Zeit probiert, ein bisschen weniger Koffein …«

»Kannst ja auch was anderes trinken. Ich hab alles zu Hause.«

Ich zweifelte keinen Augenblick daran.

Sie wohnte im letzten Viertel der Stadt. Nur Aso-Wohnungen drum herum. Auch ihr Haus wirkte äußerlich extrem asozial, aber sie hatte ihre Wohnung ziemlich nett hergerichtet. Viel Metall, viel Glas und vor allem: viele Spiegel. Der Erschreckendste hing genau über ihrem Bett. Drei mal drei Meter. Als ich das Ding sah, war mir klar, was hier sonst so abging.

Ich saß auf ihrem Bett und wartete. Sie war direkt im Bad verschwunden und hatte den Programmpunkt Getränke einfach gleich weggelassen. Ich wusste, dass es hier nicht um Softdrinks oder Kaffee ging. Während ich, am Fußende des Bettes sitzend, auf sie wartete, schaute ich nach oben in den Deckenspiegel. Ich sah einen kleinen Jungen, der jetzt lieber auf einem Poller, mit Fahne in der Hand, an der Nordsee gestanden hätte.

Anna hatte eine Laune, die selbst Einsiedlerkrebse aus ihren Muscheln gesprengt hätte. Mich konnte sie damit nicht wegsprengen. Sie tänzelte aus dem Bad, hüpfte ein bisschen durchs Zimmer. Die Laune wird dir gleich vergehen, dachte ich nur, aber da war sie auch schon auf mich draufgesprungen und hatte mich rückwärts aufs Bett geschmissen. Sie legte prompt los. Als sie mein T-Shirt zerkleinert hatte, fragte ich vorsichtig, ob wir nicht das Licht ausmachen könnten. Der Spiegel war mir unheimlich.

»Ach so. Auf einmal sind wir schüchtern«, knabberte es an meinem Ohr. Ihre Haare quietschten leise in meinem Mund. Sie klatschte einmal in die Hände, und das Licht ging langsam aus. Ich wusste, dass sie im richtigen Moment wieder klatschen würde.

In der Dunkelheit war mir ein bisschen wohler. Ich fing behutsam an, sie auszuziehen.

»Küß meine Brüste.«

Sie gab hier die Anweisungen, das leuchtete mir schnell ein. Ich tat, wie mir befohlen, und begann dann, meinen Wirkungskreis ein wenig auszudehnen. Ich inspizierte hier, ich inspizierte da, mein Mund begann sie abzutasten wie ein

Flachbettscanner. Mein Plan war, mich langsam nach unten vorzuarbeiten und erst mal mit der Zunge auszuchecken, wo es letztendlich rein ging. Und es fing an, Spaß zu machen. Auch sie hatte ihre helle Freude in der Dunkelheit, das spürte ich an ihrer Gänsehaut. In meinem Mund quietschten schon wieder Haare. Mit einem lauten Schmatzen verschloss mein Mund den dunklen, rosafarbenen Abgrund, in den demnächst auch mein treuer, aber seit Jahren unterbeschäftigter Weggefährte springen musste. Warum zum Teufel hatte ich so einen Schiss davor, fragte ich mich und ließ meine Zunge noch ein wenig wühlen.

»Ja, fick mich.«

Oh Gott. Wer hat das gesagt?

»Worauf wartest du? Mach schon.«

Verdammt.

Es wäre heute alles über die Bühne gegangen, wenn sie das nicht gesagt hätte.

Wir lagen nebeneinander in der Dunkelheit. Sie rauchte eine Zigarette, ich meinen Kopf.

»Bist du echt noch Jungfrau?«

Ich starrte Richtung Decke. Irgendwo da oben in der Dunkelheit lag ein kleiner Junge hilflos hinter einer Glasscheibe und starrte nach unten, mir direkt in die Augen. Es ging ihm verdammt schlecht.

»Na ja.«

Ich hatte nicht erwartet, dass ich noch reden konnte.

»War ich so schlecht? « Mal abgesehen davon, dass eigentlich nichts passiert war.

Ich hatte die Worte aus meinem schon schwelenden Gehirn in die Dunkelheit über uns gequalmt. Die Schwaden trieben langsam Richtung Fußende. Anna zog an ihrer Zigarette und machte eine schnelle Handbewegung, um sie wegzuwedeln.

»War schon o.k.«

Ich hörte sie lächeln. »Mein erstes Mal war mit dreizehn. Ist nicht unbedingt besser. Eigentlich war es die Hölle.«

Irgendwo in diesem Zimmer schwirrte eine kleine Fliege durch die Finsternis. Es war ihr hier drinnen zu stickig geworden, und ich hörte, wie sie immer wieder gegen die Scheibe flog. Ich kannte das Gefühl nur zu gut, mit dem Schädel irgendwo gegenzusemmeln.

»Du solltest es trotzdem probieren«, sagte Anna. »Es wird mit der Zeit besser.«

Dann drehte sie sich auf die Seite und drückte die Kippe aus. Wir lagen nebeneinander und waren beide alleine. Ich hätte sie gern berührt, im Arm gehalten, ein bisschen gestreichelt. Aber ich konnte mich nicht bewegen. Ich konnte nur Richtung Decke starren, in das absolute, finstere Nichts. Da war kein kleiner Junge mehr da oben, nur noch ein schwarzes Loch.

Um halb vier hatte ich genug vom regungslosen Starren. Anna schnarchte leise, als ich aufstand und meine Sachen zusammensuchte. Ich ging in die Küche und deckte leise den Frühstückstisch. Auch die Kaffeemaschine machte ich fertig. Wenn sie aufstand, musste sie sie nur noch anschalten. Zwei Löffel pro Tasse, schwarze Brühe für weiße Unschuldsengel. Dann nahm ich eine Blume aus dem Strauch, der in ihrem Flur stand. Sie war orange und schien von selbst zu leuchten. Ich legte sie auf ihren Teller, löschte leise das Licht und schloss die Wohnungstür. Auf Zehenspitzen schlich ich die Treppe hinunter, vorbei an den Wohnungen der friedlich schlafenden Asos. Sie machten es wahrscheinlich alle mit dreizehn zum ersten Mal. Sie schienen mehr vom Leben zu haben als ich.

50

ein neues Kapitel ein neues Leben

Wenn man sein Leben neu beginnen könnte, wie man ein neues Kapitel anfangen oder ein Buch komplett zum Fenster rauswerfen und ein anderes lesen kann, ich glaube, ich würde es tun. Ich bin erst neunzehn, und trotzdem habe ich permanent das üble Gefühl, dass alles schon gelaufen ist. Das eigentliche Theater ist schon über die Bühne gegangen, und ich stehe jetzt im Foyer, trinke noch einen letzten Sekt und sehe zu, wie die Schauspieler abgeschminkt aus der Maske kommen. Ich habe Beifall geklatscht, aber gespielt haben sie. Und der Abend ist in Wahrheit schon vorbei. Ich muss bald raus, durch den Regen zu meinem kalten Auto, weil der Hausmeister gleich den Boden fegt. Meine einzige Hoffnung ist, dass plötzlich der Gong läutet und noch ein unverhoffter Akt folgt. Vielleicht ist das der Clou an diesem Stück: Man denkt, es ist zu Ende, aber das eigentliche Ende kommt erst. Eine geniale Inszenierung. Die meisten Leute sind schon zu Hause, wenn der letzte Akt gespielt wird. Nur die wirklich Interessierten, die sich noch im Foyer herumtreiben und nicht schon während des ersten Beifalls zu den Türen gestürmt sind, kriegen Einblick in das wahre Stück, denn der letzte Akt ist der Wichtigste. Und die, die nicht nach draußen wollen, in den dunklen Regen, der auf dem kalten Auto tanzt. Ich kann nur hoffen, dass der Gong bald ertönt und ich ihn auch höre, denn lange kann ich mich nicht mehr an diesem winzigen Glas Sekt festhalten.

Als ich vom Theater nach Hause komme, finde ich auf der Flurkommode eine Ansichtskarte. Sie liegt da ganz verräterisch herum, als hätte meine Mutter sie absichtlich dort platziert. Ich kann schon durch das Flurfenster den Stier mit Torero erkennen, bevor ich das Haus überhaupt betreten habe. Eigentlich muss Luca wissen, dass ich Stierkämpfe hasse. Eigentlich muss sie wissen, dass ich schöne Grüße von Nicky zum Kotzen finde und als tiefe Demütigung betrachte. Eigentlich muss sie wissen, dass ich i-Kringel in Herzform im Namen ›Daniel‹ tierisch albern und lächerlich finde. Wahrscheinlich weiß sie aber, dass ich diesen i-Kringel heute Abend im Bett eine halbe Stunde lang anstarren werde, bevor ich das Licht ausmache.

Das Ganze war einfach nicht fair. Sie spielte mit mir. Sie machte sich über mich lustig. Dieser bescheuerte kleine Kringel war das einzig Besondere an der Karte. Der eigentliche Text bestand aus:

»Viele Grüße, hoffe, dir geht's genau so gut wie mir. Bis bald. Luca.«

Aber der Kringel. Der Kringel macht mich verrückt.

Er macht mich verrückt. Verrückt. Verrückt.

Das wird 'ne lange Nacht …

51

Mutprobe

Fünfzig Kapitel sind eine schöne runde Summe, um der Welt einen kleinen Vorgeschmack meines literarischen Könnens zu geben, dachte ich mir, tippte den ganzen Kram auf dem Rechner meines Vaters ab, legte einen Stapel Gedichte und Kurzgeschichten bei und schickte das Ganze an einen mittelgroßen deutschen Buchverlag.

Wenn ich mir schon die ganze Mühe machte, wollte ich wenigstens dafür entlohnt werden. Zuversichtlich gab ich das Kuvert bei der Post ab. Einschreiben mit Rückschein, ich ließ mich nicht lumpen. Ich hatte nur einem einzigen Verlag das Material zugesandt. Es sollte eine Stichprobe werden, und ich war gespannt, was man mir bieten würde. Und mir war jetzt schon klar: Ich war ein gemachter Mann.

Teil II

Insektenvernichtung

52

Tiefere Analyse eines Nihilisten

Offen ist noch immer die Frage, warum ich nicht kiffe.

Alle tun es. Man wird auch gleich schief angeguckt, wenn man keinen Joint durchzieht. Man gehört irgendwie nicht dazu. Und sie sehen es dir an der Nasenspitze an. Sie stempeln dich ab als verkrampft. Sie sagen: Hey, ich versteh, dass du nicht kiffst. Find ich gut. Aber in Wirklichkeit bist du nur ein mieser, kleiner, spießiger Scheißer in ihren Augen. Was also wäre einfacher, als ab und zu mal ein bisschen Gras zu rauchen, damit sie Ruhe geben? Aber gerade das will ich nicht. Das ist nicht mein Stil. Ich fange nicht damit an, nur weil andere es gerne sehen würden. Ich hab auch nie geraucht. Nicht, dass ich wirklich was gegen das Rauchen hätte, aber der Hype, der darum gemacht wurde, als ich vierzehn war, war mir ähnlich zuwider wie der Hype ums Kiffen, als ich sechzehn war. Weil alle es machten und alle es wollten, wollte ich es nicht. Vielleicht klingt das albern, aber ich wollte mich irgendwie abgrenzen, ein bisschen Individualität behalten. Aus dem bisschen Individualität ist dann schnell ein richtiger Spleen geworden, und heute stehe ich als psychisches Wrack da und denke mir: Hättest du bloß ab und zu ein bisschen Dope geraucht. Dann ging es dir jetzt besser. Aber jetzt noch damit anzufangen wäre gegen meinen Charakter. Und da fängt die ganze Leier wieder von vorne an.

53

Wiedersehen (theoretisch I)

Ich hab Angst. Ich freu mich auf Luca und hab soviel Angst vor ihr wie noch nie. Ich versuche mich durch Schreiben vorzubereiten. Fragmente:

Badezimmer. Spiegel. Ich. Der Krawattenknoten saß nicht. Ich löste ihn ein wenig. Krawatte schlackerte. Ich zog ihn wieder fester. Drücken am Hals. Genervt riß ich das Ding runter. Dann doch das blaue Sweatshirt. After-Shave, Haare kämmen. Ich hatte sie jetzt ein Jahr lang nicht gesehen.

Ein Jahr. Der Abschied war noch frisch wie gestern. Letzter Sommer. Flughafen. Brütende Hitze. Verdammter Schüleraustausch. Ich hatte in diesem Jahr meine Banklehre beendet. War umgezogen. Auch sonst hatte sich eine Menge verändert. Auch sie.

Am Anfang schrieben wir uns jede Woche. Sie erzählte von den Anfangsproblemen mit ihrer Gastfamilie, von der fremden Mentalität der Amis und dass der Unterschied größer war, als sie angenommen hatte. Ich berichtete von meiner Ausbildung. Viel mehr hatte ich nicht zu erzählen.

Ich schloß die Tür ab und ging die Treppe hinunter. Langsamer als sonst.

Winter. Sie hatte sich eingelebt, eine Menge Leute ken-

nen gelernt. Begeistert schrieb sie vom Weihnachtsfest ihrer Gastfamilie. Eine Riesenparty. Ich war Weihnachten bei meinen Eltern. Familienkrach wie jedes Jahr.
Ich öffnete die Autotür. Beim Ausparken lautes Gehupe. Der Lieferwagen weicht im letzten Moment aus. Im Frühling wurden die Briefe seltener. Alle vierzehn Tage. Dann einmal im Monat. Bei ihr Baseballsaison. Bei mir Prüfungen. Aufrichtige Entschuldigungen beiderseits. Sachlich.
Nur grüne Ampeln. Viel zu früh am Flughafen. Ausbildung exzellent abgeschlossen. Sommeranfang in Straßencafés. Alte Freunde getroffen. Sie im Sommerurlaub mit Freundinnen. Kalifornien. Führerschein gemacht.
Versicherte Vorfreude. Ich komme bald wieder.
Eine wüste Menschenmenge auf dem Flughafen. Menschen überall. Menschen warten. Menschen suchen. Menschen sehen sich wieder, fallen sich in die Arme. Große Gefühle. Tragische Schicksale. Der Abschied fällt ihr schwer, schreibt sie. Zweites Zuhause. 10000 km.
Die Maschine landet. Suchen. Alles braungebrannt. Alles Urlaub. Ich sehe sie nicht. Eine halbe Stunde renne ich durch das Flughafengebäude. Ich finde sie nicht. Ich frage an der Information. Sie war nicht im Flieger. Ein Glück. Einen Augenblick hatte ich Angst, wir wären aneinander vorbeigelaufen, ohne uns zu erkennen.

54

Wiedersehen (theoretisch II)

Ein kleiner Tropfen. Er bahnt sich langsam seinen Weg über die Stirn. Zeitlupentempo. Über die linke Schläfe. Knapp über meinem Ohr versickert er in den Haaren. Das Parkett wölbt sich bald. Ich spüre die Anspannung unter meinen Schultern. Feuchtes Holz. Es krümmt sich vor Nässe. Es spürt meine Anspannung auch. Heute ist die Stunde Null. Der Anfang der neuen Zeitrechnung. Der Beginn eines neuen Universums. Heute kommt Luca wieder. Ein normaler Tag wie jeder andere. Grau. Nebelverhangen. Verwässert. Und gleichzeitig die Apokalypse. Nieselregen weht beständig zum Fenster rein. Benetzt meine Haut, umschließt meine Gedanken, kriecht in jede Ritze. Ich warte geduldig, daß die Magensäure mein Innerstes zerfrißt. Ich hab ihren Eltern gesagt, daß ich sie abhole. Zwei Stunden bis Zugankunft. Ich werde mich auf die Gleise werfen. Es muß aufhören. Ich kann so nicht mehr weitermachen. Romantischer Abgang, wenn einen die Angebetete mit zig Tonnen Stahl überrollt. Ehrlich.

55

Wiedersehen (praktisch I)

Ich war viel zu früh am Bahnhof. Nur grüne Ampeln. Es regnete und stürmte, und ich stand mit zitternden Knien auf dem Bahnsteig. Ich wollte nicht in das warme Bahnhofsgebäude, da die Penner und Drogenfreaks mich immer depressiv machen. Ich brauchte frische Luft. Luca rauschte irgendwo da draußen mit hundertfuffzig auf mich zu.

Ich wurde angestarrt. Auf dem Bahnsteig gegenüber standen drei Omas und glotzten zu mir herüber.

»Was hat er denn da? Kannst du das lesen?«

»Also, ich kann gar nichts sehen.«

»Irgendwas mit Luke steht da.«

Sie hatten mein Transparent entdeckt. Ich war schon eine halbe Stunde auf diesem verregneten Bahnhof, und mir war dabei so langweilig geworden, dass ich in den Schreibwarenladen gegenüber gegangen war, eine große Rolle braunes Packpapier gekauft und mit schwarzem Edding »Luca, ich liebe dich« draufgeschrieben hatte. Offenbarung intimster Gefühle auf 6 Quadratmetern Packpapier. Der Mensch ist ein Paradoxon. Ich stellte fest, dass ich das Transparent nicht gespannt halten konnte. Meine Arme waren zu kurz. Also ging ich wieder in den Schreibwarenladen und sorgte für eine Rolle Klebeband. Als ich gerade dabei war, meine Reklame zwischen zwei Pfeilern zu befestigen, tönte es aus dem Bahnsteigslautsprecher:

»He, Sie, was machen Sie denn da?«

Ich sah mich um. Einen Bahnsteig weiter sprang ein kleines Männchen in blauer Uniform in einer Glaskabine wild gestikulierend umher. Es hatte Erklärungsbedarf. Ich wollte Erklärungen liefern, also ging ich hinüber.

»Es ist für einen guten Zweck«, kündigte ich an.

»Für einen guten Zweck? Für einen guten Zweck? Was soll denn das für ein Zweck sein, hier auf'm Bahnhof«, tönte es hochrot und verkratzt durch das Mikro aus der Kabine. Und weiter:

»Wir machen hier keine Kundgebungen. Unangemeldete schon gar nicht!«

Ah, es handelte sich um ein Missverständnis. Er hielt mich womöglich für einen Todesstrafenbefürworter oder einen Studenten, der mehr BAföG wollte.

»Nein, hören Sie, es ist ein privater Zweck. Lassen Sie mich doch erklären.« Meine Eltern hatten dafür gesorgt, dass ich höflich sein konnte, wenn ich es wollte.

»Wissen Sie, es geht um meine Freundin. Sie kommt heute wieder, und es handelt sich um ein Begrüßungstransparent.«

Es war mal wieder erstaunlich, was Höflichkeit und ein Mindestmaß an Mitgefühlsbeanspruchung bei fremden Menschen hervorrufen können. Er taute auf.

»Aber hinterher wieder wegmachen«, zwinkerte er mir zu. Ich war auch mal jung und verrückt, schien sein Lächeln zu sagen.

Mach mal, Kleiner. In deinem Alter lohnt sich das noch. Und da hat man noch die Energie. Das ist bald alles vorbei, und dann sitzt du, ehe du dich versiehst, in einem Plexiglaskasten auf einem Kleinstadtbahnhof und siehst das Leben an dir vorüberziehen.

Wie Recht er hatte. Ich fühlte schon jetzt den eisigen Wind

der Vergänglichkeit durch die Ritzen des Glaskabuffs ziehen und in den Fahrplänen stöbern.

Jedenfalls hing mein Transparent gerade, als der Zug einlief. Aus dem Rest des Packpapiers hatte ich noch schnell einige verkümmerte Blumen gefaltet und mit dem Klebeband zu einem Strauß zusammengebunden. Als ich so dastand und der Lokführer mich beim Einfahren angrinste, kamen mir Zweifel, ob ich das Geld für Papier, Edding und Klebeband nicht besser in einen richtigen Blumenstrauß investiert hätte. Frauen waren manchmal etwas eigenwillig in solchen Sachen, sagte mir meine Erfahrung. Hoffentlich wusste sie meine amtlich angemeldete Demo zu schätzen.

Die Leute purzelten nur so aus dem Zug, und alle mussten sie an mir vorbei. Die Blicke, die sie mir zuwarfen, hatten eine Ausdrucksbandbreite von boshaft-mitleidig, wie beim Lokführer, bis wehmütig-entzückt. Ein paar fünfzehnjährige Mädchen kicherten. Eins davon, eine kleine Blonde mit Haarreifen, kam schüchtern ein wenig näher.

»Du, ich heiß Luca. Du meinst aber nicht mich, oder?«

Ich schüttelte ehrlich bedauernd den Kopf.

»Hab ich mir schon gedacht, wollte nur sichergehen«, sagte sie ernst und ging weiter.

»Aber lass dich nie mit einem ein, der das nicht auch für dich macht«, rief ich ihr hinterher, und sie drehte sich noch mal um und winkte mir lächelnd zu. Dann war sie im Gedränge an der Treppe verschwunden.

Ich sah Luca, und alles wurde anders. Alles wurde langsamer. Die Leute flüsterten nur noch miteinander. Der Wind wurde wärmer und der Nieselregen sanft und anschmiegsam. Sie saß natürlich im letzten Abteil des letzten Wagens und kam als letzte aus dem Zug. Mit einem Flatterschlag setzte sie auf dem Bahnsteig auf.

Sie kam als *vorletzte* aus dem Zug. Denn irgendjemand reichte ihr den Koffer aus dem dunklen, staubigen Wagen entgegen. Jemand, den ich nicht sehen konnte. Sie lachte. Anscheinend hatte Jemand einen Witz gemacht, anscheinend konnte Jemand Frauen zum Lachen bringen. Jemand stieg aus. Jemand trug ihren Koffer, und Jemand kam nun mit ihr auf mich und meine auf 6 Quadratmetern dargelegte Lebensmaxime der letzten vier Jahre zu.

Sie hatten mich noch nicht gesehen. Ich begann sofort damit, meine wehende Fahne der Liebesbotschaften einzuholen. Dummerweise war der Gepäckwagen, auf den ich zum Befestigen geklettert war, mittlerweile von einem alten Ehepaar entführt worden, das damit seinen Dackel sicher zur Bahnsteigtreppe beförderte. Das Hündchen hatte einen Gips am rechten Vorderbein und so wehleidig geguckt, dass ich mal wieder nicht hatte nein sagen können.

Also nahm ich Anlauf und sprang mit nach oben ausgestreckten Armen in das Plakat. Das funktionierte auch prächtig, und mit lautem Getöse landeten wir beide wieder auf dem Bahnsteig. Nur hatte der Krach die Aufmerksamkeit Lucas auf mich gezogen. Sie kam lachend herbeigestürmt und freute sich sichtlich, mich zu sehen. Ich rappelte mich auf, und sie fiel mir jubelnd um den Hals. Küsste mich auf die Wange. Lachte. Und fragte dann:

»Was zum Teufel machst du da?«

Auch sie hatte Erklärungsbedarf.

Ich wollte wieder Erklärungen liefern, wusste jedoch nicht, welche. Es war auch nicht mehr nötig. Sie war dabei, das hastig zusammengeknüllte Transparent auseinanderzubreiten.

Der Regen war wieder kalt und stürmisch geworden. Er prasselte schräg unter das Bahnsteigdach und hinterließ dunkelbraune Flecken auf der elendigen Botschaft, die ein geistig Verwirrter auf Packpapier gekritzelt hatte.

Bedröppelt standen drei Gestalten drum herum. Eine junge Dame, die die Zeit verlangsamen konnte, der arme Irre und Jemand. Und keiner sagte ein Wort.

56

Ein ganzes Kapitel über Jemand, der es nicht verdient hat

Es gibt einen richtigen Namen für Jemand, aber der soll hier keine Erwähnung finden. Er hat es weder verdient, benannt zu werden, noch kann man so etwas wie ihn überhaupt benennen. Er war schlicht die Ausgeburt allen Übels dieser Welt.

Er war zwei Jahre älter als ich, hatte zehn Jahre mehr Geld und tat, als hätte er fünfzig Jahre mehr Erfahrung. Und das Schlimmste war: Er trug meine Kappe. Er war ein arrogantes Arschloch. Überheblich und dumm. Großkotzig und kleingeistig. Er trat auf, als sei er es gewohnt, überall der Chuck zu sein, und wirkte gleichzeitig unbeholfen und kindisch. Er sah aus wie ein totaler Verlierer. Vermutlich war genau das die Mischung, die Frauen attraktiv finden. Er soll hier außerdem nur Jemand heißen, weil es wirklich jeder von diesen kleinen Scheißern sein könnte, die sich auf der ganzen Welt herumtreiben und die wir alle nur zur Genüge kennen und schon so lange so satt haben.

Das einzig Positive an ihm war, dass er bald nicht mehr da sein würde.

Wir saßen im Bahnhofscafé und warteten auf seinen Anschlusszug. Er bestellte einen Milchkaffee mit Schokoflocken und zweimal Zucker.

Ich will ja nicht als ein mit Vorurteilen behafteter Mensch

erscheinen, aber wer sich Milchkaffee mit Extra-Zucker und Schokoflöckchen bestellt, erweckt bei mir den leisen Verdacht, kein echter Mann zu sein.

Und jetzt saß er da und schüttete den ganzen Krempel in den ehemals lieblich schwarzen Kaffee vor ihm. Wegen Leuten wie ihm waren die meisten Gewässer dieser Erde so verunreinigt, dass die menschliche Spezies bald aussterben würde. Und während ich innerlich diesen Missstand anklagte und mich dafür schämte, dass ich nichts dagegen tat, setzte er seine Umweltverseuchung fort. Verklappung von Giftmüll in unseren Ozeanen reichte ihm nicht, er wollte auch zusätzlich die Luftverschmutzung vorantreiben: Er sprach.

Er hatte Luca in Spanien kennen gelernt. Auf dem Hof von Nickis Eltern. Und das interessierte mich ungemein. Ich versuchte ihn anzuschauen, als wäre er das Lächerlichste, was mir jemals begegnet ist, und das war er ja auch, aber er hatte nicht das entsprechende Feingefühl, in meinem Gesicht lesen zu können. Also nahm ich mir einen Zahnstocher, kaute laut schmatzend darauf herum und schaute aus dem Fenster. Aber Jemand war so von sich und seinem erzählerischen Können eingenommen, dass er auch diese Geste als reges Interesse und grenzenlose Begeisterung interpretierte. Er hatte auf dem Hof als Pferdepfleger gearbeitet. Ferienjob.

Ich konzentrierte mich auf Luca. Auch sie schien ein wenig gelangweilt. Als sie mich ansah, schenkte ich ihr alles Lächeln, was ich mir in den letzten zwei Wochen vom Mund abgespart hatte, auf einmal. In dem kleinen Café der Bahnhofsvorhalle, wo wegen der hohen Häuser nie die Sonne hinkam, schien Gott eine alternative Lichtquelle in Form eines kleinen, glücklich aussehenden Jungen eingerichtet zu haben. Mein Lächeln erhellte den ganzen Stadtteil und durchdrang Luca mit einer Wärme, gegen die die Sonne an einem heißen Sommertag nur eine kleine Leuchte war. Mein Lächeln fraß sich in Lucas Herz und würde dort ewig weiterleben, da war ich mir sicher. Und als sie zurücklächelte, wurde mir klar, dass selbst ich und die Sonne zusammen nichts gegen sie waren.

In einer Stunde würde Jemand die Stadt verlassen und weit weg nach Hause fahren. Und dann war endlich alles gut. Aber so einfach war es leider nicht. Denn Jemand wohnte leider nicht weit weg genug. Zwei Stunden Fahrt sind keine Entfernung, die auch nur andeutungsweise garantieren konnten, dass er Luca in Zukunft in Ruhe lassen würde. Und tatsächlich tauchte er früher auf, als ich befürchtet hatte. So war das ja immer mit den Leuten. Wenn man sie brauchte, waren sie nicht da, und wenn man niemanden sehen wollte, dann kam Jemand.

57

Erneuter Wille zum künstlerischen Ausdruck, nachdem die Muse zurückkam.

Das ist nicht das Ende.
Regen durchweicht den blassen Schnee
Und die Stadt verliert sich im Grau des Himmels.
Kalte Nässe zieht durch die Ritzen meiner Fenster
Und in mich zieht die tröstende Wahrheit,
dass ich noch lebe.
Deine Stimme ist noch immer in meinem Ohr.
Das ist nicht das Ende.

58

Endgültig

Heute passierte das, wovor ich Angst habe, seit ich zurückdenken kann. Heute hat sich der wirklich letzte Teil meiner glücklichen Kindheit verabschiedet. Ich habe früher schon bei dem Gedanken daran weinen müssen. Und jetzt ist es geschehen. Ich hab ihn umarmt, dann stieg er in seinen Wagen, ich hab aufs Dach geklopft, und als er um die Ecke am Ende der Straße bog, hat er noch mal lange gehupt, und dann war meine Kindheit vorbei. Ich stand auf der Straße und wusste plötzlich nicht mehr, wohin ich sollte. Mein bester Freund war weg, und die Winterluft roch nach Schnee.

Mein bester Freund. Früher war uns alles andere egal. Das Wesentliche war, dass wir Freunde waren und dass wir immer Freunde bleiben würden. Und dass wir immer füreinander da sein würden. Ich hätte mein Leben für ihn geopfert, und er seins für mich. Und wir wussten, solange das so war, hatten wir nichts zu befürchten.

Auch wenn Hamburg nun nicht mehr so weit war, wie es einem damals vorkam, war mir klar, dass dies hier ein echter Abschied war. Es hört sich albern an, aber es würde nie wieder so sein wie früher. Wir würden uns ab und zu noch sehen. Weihnachten, Ostern vielleicht. Mal in den Sommerferien, mal einfach nur so. Und dann nur noch Weihnachten und vielleicht Ostern. Und irgendwann nur Weihnachten und dann würden wir miteinander reden wie Leute, die sich nur einmal im Jahr sehen, und hätten einander nichts mehr zu sagen.

Wir hatten uns geschworen, dem anderen alles zu erzählen, und bald würde es unangenehm sein, überhaupt noch miteinander zu sprechen.

Ich stand noch immer auf der Straße. Die Straßenlaternen gingen an, und es sah aus, als ob sie zum Abschied Dennis' Weg erleuchten wollten. Eine mahnende Lichterkette für alle Freunde dieser Erde. Und dann sah ich im Schein einer Laterne eine Schneeflocke langsam zu Boden sinken. Eine einzige. Sie schmolz noch auf halbem Weg nach unten, und das war's. Nichts weiter. Es fing nicht an zu schneien, es begann nicht zu regnen, Gott hatte sich einfach entschieden, eine einzelne Schneeflocke auf das Geschehen hier unten herabzulassen.

Ich ging im Dämmerlicht die Straße entlang und sah dabei noch mal zu Dennis' Fenster hinüber. Er hatte die Wohnung noch bis zum Frühjahr und erst wenig Sachen rausgeräumt.

Auf seinem Küchenfenster im dritten Stock klebten zwei Tapeten, auf denen stand:

»Wir sehen uns in Hamburg. Oder Weihnachten hier. Tschüs.«

Oder vielleicht Ostern. Tschüs.

Ich steckte meine frierenden Hände tief in die Jackentaschen, und während ich nach Hause schlenderte, beobachtete ich, wie mein Atem in der Luft Nebelschwaden bildete. Die Luft wirkte eigenartig klar und es war kein Mensch mehr auf der Straße. Ich war allein. Ich war eine kleine Schneeflocke auf dem Weg zur Erde. Vielleicht würde ich auf halbem Wege anfangen zu tauen.

59

Auftritt

Schließlich hatte es dann doch angefangen zu schneien, und es hörte nicht mehr auf. Auch wenn die Straßen nur mit grauem Matsch bedeckt waren, die Häuser und Parkwiesen waren eingehüllt von einer weißen, alle Geräusche dämpfenden Schneeschicht, die alles irgendwie erträglicher machte. Ich hatte Luca drei Tage nicht gesehen. Nach dem etwas missglückten Wiedersehen am Bahnhof traute ich mich nicht so recht, bei ihr anzurufen. Wenn sie mich sehen wollte, war ich schon irgendwie erreichbar, und wenn nicht, dann wollte ich lieber gar nicht mit ihr sprechen.

Ich trieb mich viel in der Gegend rum. Sobald ich den Dienst beendet hatte, ging ich Pommes und Currywurst essen und lief dann kreuz und quer durch die Stadt, genoss die Kälte und den Schnee in der Dämmerung, guckte mir die durch den Matsch stolpernden Leute an und spuckte von Fußgängerbrücken. Vergeudete Zeit. Genau das, was ich momentan brauchte.

Als ich zur Bärenwiese kam, sah ich acht Jungs, vielleicht zwölf oder dreizehn Jahre alt, die in der Dämmerung einen liegenden, weiblichen Körper aus Schnee bauten. Ich wollte einen Schneeball auf ihre Skulptur werfen, zielte aber schlecht und ballerte einem kleinen Blonden das Ding direkt aufs Ohr. Er war dabei gewesen, die linke Brust der Schneefrau zu formen, eine riesige, sich auftürmende Titte, die als Lawine scheinbar alles platt walzen wollte, was sich ihr in den Weg stellte. Das manisch-faszinierte Grinsen des Jungen wich schlagartig einem empörten Blick in meine Richtung. Auch die anderen sahen mich jetzt. Und ich sah ihnen an: Sie wollten eine Schneeballschlacht. Denen würde ich es zeigen. Und richtig: als hätten sie darauf gewartet, fingen sie an, ihre Skulptur wieder auseinander zu nehmen und den Schnee in handfeste Wurfgeschosse umzuformen. Aber sie hatten nicht mit meiner Angriffsstärke gerechnet. Ich gab kräftig zurück und landete zahlreiche Treffer in Gesichter und auf hastig weggedrehte Hinterköpfe. Doch ich hatte nicht über Rückzugsmöglichkeiten nachgedacht, und das sollte mir zum Verhängnis werden, denn die Jungs rückten fleißig auf. Zum Glück gab es keine Zeugen dafür, dass acht Zwölfjährige mich gründlich gewaschen haben. Sieben saßen auf mir drauf, und der achte kniete vor mir und schaufelte kräftig Schnee in meinen Mund. Es war ein Drama.

Apropos. Danach war ich so nass, dass ich mich erst mal trocknen und aufwärmen musste, und deshalb ging ich ins Theater. Das war nicht allzuweit entfernt, und im Foyer war es gemütlich. Hier sind wir auch früher manchmal hingegangen, wenn wir uns im Winter aufwärmen wollten. Wenn wir die Größeren mit Schnee gewaschen hatten. Allerdings flogen wir damals regelmäßig raus. Und so wartete ich auf die Kassendame mit Goldrandbrille, die uns früher immer an den Ohren rausschleifen wollte, aber mittlerweile war ich offenbar in einem Alter, in dem man meinen Theateraufenthalt duldete. Vielleicht lag es auch daran, dass ich nicht wie früher die Besucher mit Mini-Schneebällen bewarf.

Ich setzte mich auf eine Heizung und wartete auf Trockenheit.

Sie spielten Hamlet. Bis ich trocken war, war das Stück

schon halb vorbei, aber da ich nun schon mal hier war, stahl ich mich in die Vorstellung. Eine Dame, die hinter der Tür am Vorhang stand, wollte mich zuerst aufhalten, aber dann zeigte ich ihr die Karte, die ein anderer Besucher in den Ascher im Foyer geworfen hatte, und es war ihr zu umständlich, mit ihrer Taschenlampe das Datum zu prüfen. Jetzt saß ich im Dunkeln und beobachtete einen älteren, rothaarigen Schauspieler, der nasal einige Reime über die Bühne sägte.

Das hört sich jetzt so an, als hätte ich keinen Respekt vorm Theater. Vielleicht halten es manche auch für Kunstbanausität, sich zum Aufwärmen ins Theater zu begeben. Und sich dann noch während der Aufführung heimlich hineinzustehlen ist für viele vermutlich der Gipfel der Frechheit. Aber das ist ein extrem verfrühtes Urteil. Ich mag Theater sehr. Allerdings gehe ich selten hin. Ich weiß nicht, woran das liegt, aber man vergisst irgendwie immer, dass es das gibt. Beim Kino sieht man an jeder Ecke zehn Plakate für die neuesten Filme, für Theaterstücke gibt es in der ganzen Stadt drei kleine Glaskästen, einen an der Bibliothek, einen am Bahnhof und einen an dem klüngeligen Fotofachgeschäft.

Ich genoss die Vorstellung auch diesmal. Obwohl die Schauspieler nicht allzu gut waren, fand ich es spannend, sie da vorne stehen und für uns spielen zu sehen. Und gleichzeitig war es irgendwie beruhigend. Man konnte sie beobachten, ohne dass sie einen selbst sahen. Man konnte mit ihnen leiden oder über ihre kleinen Probleme lachen, ohne selbst irgendwas tun zu müssen.

Als der letzte Vorhang fiel und das Saallicht anging, blieb ich sitzen, bis alle Leute draußen waren. Dann ging ich langsam die Treppe runter zur Bühne. Es war ein kleines Theater und die Bühne direkt vor die Zuschauer gebaut, kaum einen Meter hoch. Ich kletterte auf den Bereich vor dem Vorhang, stellte mich in die Mitte der Bühne und wiederholte einen Teil des Stückes. Natürlich nicht wortwörtlich, aber sinngerecht. Ich schrie förmlich in den leeren Saal, und nach den letzten Worten verbeugte ich mich. Und tatsächlich fing jemand an zu klatschen. Leise und verhalten, aber immerhin. Aber ich konnte niemanden im Saal entdecken. Als ich gerade wieder von der Bühne springen wollte, sah ich die alte Kassendame mit der Goldrandbrille am Ausgang stehen. Sie hatte mich die ganze Zeit beobachtet und mir zugehört. »Und jetzt raus hier«, zischte sie mir entgegen. Genau wie früher, wenn sie uns mit unseren Schneebällen aus dem Foyer gejagt hatte.

60

Mehr Theater

Ein dunkler Park. Im Vordergrund sieht man einige Büsche, im Hintergrund eine flackernde Straßenlaterne. DANIEL, ein schlaksiger junger Mann, betritt die Bühne. Er bleibt stehen, schaut zum rechten Bühnenrand. Ihm scheint unwohl zumute, er überlegt, ob er wieder umkehren soll, tut es auch, bleibt dann jedoch stehen und dreht sich erneut um. Dann entschließt er sich, seinen Weg fortzusetzen und senkt den Kopf, als wolle er nicht erkannt werden.

AXEL DER BÖSE und RICHY, einer von den KOLLEGEN, betreten die Bühne von rechts. AXEL geht scheinbar desinteressiert an DANIEL vorbei, doch als sie beide auf einer Höhe sind, haut AXEL ihm im Gehen unvermittelt mit der flachen Hand gegen die Stirn, so dass DANIELS Kopf hochgeschleudert wird und er ihn ansehen muss.

AXEL:	*Tja, da wärst du wohl fast an mir vorbeigelaufen!*
DANIEL:	*Was will er?*
AXEL:	*Der saß!*
RICHY:	*Ein echter Spaß, der saß!*
DANIEL:	*Würd er mir erklären, was er bezwecke, mit solch barbarischem Verhalten?*

AXEL: *Häh?*
RICHY: *Ah, er glaube, er könne Unwissenheit vorschützen –*
Man versichert ihm, er ist auf dem Holzweg.
AXEL (dreht sich zu RICHY) : *Wah?*
DANIEL: *Was dünkt ihn, wer er sei! Wie ein Knappe, der ihn anspricht, verdient er einen Züchtigungsschlag!*

AXEL weiß nicht so recht, was er mit der Situation anfangen soll. Und wie immer, wenn er ratlos ist, schlägt er zu. Und zwar mit der Faust auf Daniels Auge, das sich im Verlauf der restlichen Szene bläulich verfärbt und anschwillt.

DANIEL: *O weh. Das Aug, es schwillt, mein Herr.*
Für einen Spaß wiegt das zu schwer.
AXEL (schreit): *Was geht hier ab? Seid ihr bekloppt?*
DANIEL: *Die Frage zu stellen, war ich dabei.*
Warn wir bekloppt? War's Wichtigtuerei?
Warn wir Helden oder alles drei?
Oder noch schlimmer:
Sind wir's noch immer?

AXEL läuft rot an. Er schlägt noch mal auf das Auge.

RICHY: *Und patsch! Noch mal, auf die gleiche Stelle.*
Er hat's verdient, er war nicht sehr helle.
AXEL: *Mann, Richy, halt's Maul. Es reicht, wenn einer so'n Schwachsinn stammelt.*

DANIEL:	*Was erzürnt ihn so, dass er gleich schlägt.*
	Er weiß doch, dass er's nicht verträgt.
AXEL:	*Er will ihm jetzt im Guten sagen,*
	der nächste trifft ihn in den Magen.

Und so ähnlich ging das Theater weiter. Mein linkes Auge war so zugeschwollen, dass ich kaum noch durchschauen konnte, und tat so weh, dass ich eh nur noch die Hälfte mitbekam. Axel war wegen des Jobs gekommen, den ich für ihn erledigen sollte. Es war soweit. Ich sollte nächste Woche ein kleines Päckchen abholen, bei einem Typen in der U-Bahn, und sollte es eine Zeit lang bei mir zu Hause verstauen. So lange, bis Axel es abholen würde. Ich durfte natürlich nicht reingucken. Das hörte sich für mich alles ziemlich abstrus und unsinnig an. Aber ich war nicht in der Situation, geistreiche Diskussionen führen zu können. Also sagte ich zu, um ihn loszuwerden. Ich hatte nicht die Absicht, auch nur irgendeinen Job für ihn zu erledigen, aber das würde ich ihm später erklären. Ich wollte mit meiner bematschten Birne einfach nur noch nach Hause und meinen Kopf in den Eisschrank stecken. Zum Abschied gab mir Axel noch ein paar lustige Zeilen mit auf den Weg: Nun, da er sich endlich füge, sei's wichtig, dass er nicht betrüge. Sein Wohnsitz sei sehr wohl bekannt, und im Notfall abgebrannt. Hätte er ein bisschen mehr Sorgfalt für die Auswahl seiner Themen verwendet, hätte er Rilke locker Konkurrenz machen können.

61

Her name is what it means

Zu Hause tat ich, was ich immer tue, wenn ich nicht weiß, was ich mit dem Tag noch anfangen soll: Ich drehte die Stereoanlage in meinem Zimmer auf volle Signalabgabe und stellte mich unter die Dusche. Meine Gedanken kreisten um die Frage, wie ich Luca für mich gewinnen könnte. Es musste irgendwas Ausgefallenes sein. Es musste sie umhauen. Es musste vor allem etwas sein, bei dem niemand ihrer Verehrer mithalten konnte, und erst recht nicht Jemand. Dabei musste ich allerdings tierisch aufpassen, dass ich mein Fletschauge nicht in den Wasserstrahl hielt. Wenn Wasser an die Stelle kam, hatte ich das Gefühl, flüssiges Metall würde auf meine Haut tropfen und dort verdampfen. Und dann musste ich schreien. Und das Schreien brachte dann auch die zündende Idee: Singen.

Ich kauf mir 'ne Gitarre. Morgen. Und dann lerne ich ein Stück. Ein Einziges, nichts Schwieriges, nur ein paar Griffe. Und dann stelle ich mich unter Lucas Balkon und präsentiere Minnesang zum Verlieben. Irgendwas von den Stone Temple Pilots. Als ich gerade lauthals »Time to catch a ride, it leaves today, her name is what it means« durch die Kacheln brüllte, riss mit einemmal der Vorhang der Dusche auf, und zwei Riesenmandeln mit einem flatternden Zäpfchen in der Mitte griffen mich an: »WaaszurHölleeeeeeeeeisthierlooooos?!!!!!!!!!«

Als meine Mutter wieder Luft holte, sah sie aus, als wär sie kurz vorm Kollabieren. Irgendwer schaltete in meinem Zimmer die Anlage aus, und es trat eine peinliche Stille zwischen die Mutter und den entblößten Sohn. Aber ich hab eine gute Mutter, die sich um mich sorgt, und als sie mein Auge sah, wich dem Schreckensbild ihres aufgerissenen Rachens ein nettes, besorgtes Gesicht. Mit wem ich mich denn jetzt schon wieder gekloppt hätte und ob ich denn noch zwölf wär, ich würd mich extrem unreif benehmen, und ständig müsste man sich um mich sorgen, sie würde mir jetzt Eis holen und ich mich ins Bett legen, und das Abendbrot brächte sie mir ins Zimmer. Und da war alles wieder gut.

Ich liebe meine Mutter. Und ich liebe Abendbrot im Bett. Heiße Milch mit Honig. Na ja, es war nicht alles gut. Als ich mich auf die Waage stellte, bekam ich wieder einen kleinen Schrecken. Der Tumor in meinem Bauch schien zu wuchern wie das Unkraut in unserem Garten. Er musste mittlerweile fünf Kilo wiegen. Mein Bauch war schon ganz aufgebläht davon. Ich sollte schleunigst zum Arzt gehen. Doch ich ging erst mal ins Bett, machte den Fernseher an und wartee auf meine Milch.

62

Sex und Musik

Natürlich ist es schön, Eltern zu haben, die sich um einen sorgen und für einen sorgen, aber auf die Dauer wird das leider stressig. Ich musste raus. Ich wollte endlich meine Ruhe. Ich wollte vor allem einen Platz, wo ich dem Topduo Eikeheike nicht in die Hände fallen konnte. Also zog ich um. Und zwar in Dennis' alte Wohnung. Ich durfte dort bis mindestens Neujahr »für lau« wohnen. Genau, was ich brauchte.

Es war Freitag. Ich hatte mir freigenommen, stand um sieben auf, packte meine Sachen zusammen und fuhr zu Dennis.

Die Nachbarin von unten hatte den Schlüssel. Eine dreißigjährige Blondine, die auf den ersten Blick als Prostituierte zu erkennen war, öffnete mir mit hellblauem Minirock und weißem Bustier die Tür. Sie musterte mich von oben bis unten, als ich nach dem Schlüssel fragte. Sie sagte keinen Ton. Dann drehte sie sich um und verschwand wieder in der Wohnung. Und tauchte nicht wieder auf. Ich stand da wie bestellt und nicht abgeholt und fühlte mich total bescheuert. Irgendwer in dieser Wohnung war am Ficken. Das hörte man bis zur Tür. Und man roch es. Die ganze Wohnung roch bis ins Treppenhaus nach Sperma und Vagina. Ich fragte mich, warum wir das noch nie bemerkt hatten, Dennis und ich.

Jedenfalls kam sie einfach nicht wieder. Ich klingelte noch mal. Es passierte nichts. Also öffnete ich langsam die angelehnte Tür und steckte meinen Kopf in die Wohnung.

»Hallo?«

Nichts rührte sich.

»Tschuldigung. Der Schlüssel.«

Da nichts passierte, blieb mir nichts anderes übrig, als in die Wohnung zu gehen. Zur Linken war die Küche. Ich war erstaunt. Ich hatte noch nie so eine aufgeräumte Küche gesehen. Nichts stand herum, alles war blitzblank geputzt. Die ganze Wohnung war scheinbar porentief gereinigt worden. Aber ich war nicht wegen der Reinheit hier, fiel mir ein, und kämpfte mich weiter durch die Fickschwaden in die Wohnung. Im Zimmer auf der rechten Seite wurde gerammelt. Die Tür hatte eine Rauchglasscheibe, und durch die sah man verschwommen zwei Menschen, die einander zeigen wollten, wer von beiden der stärkere war. Ich hoffte, nicht in dieses Zimmer zu müssen, und ging deshalb erst mal auf die letzte Tür am Ende des Flures zu. Hoffentlich war die Wächterin des magischen Schlüssels hier.

Sie war's. Sie saß vor dem Fernseher und starrte auf eine Talkshow, als wenn ich niemals dagewesen wäre. Ich ließ ein zaghaftes Hüsteln hören, aber sie reagierte kein bisschen. Ich starrte weiter auf ihren Hinterkopf und überlegte, was ich tun sollte. Mir blieb nichts anderes übrig, als um sie herumzugehen und mich zwischen ihren Sessel und den Fernseher zu stellen. Als ich sie ansah, bemerkte ich, dass sie weinte. Lautlos liefen ihr Tränen die Wangen runter. Mit großen, leeren Augen blickte sie mich an, als sähe sie mich zum ersten Mal. Ich bekam kein Wort heraus, und so standen wir uns gegenüber und starrten uns an. Ich schluckte lauter, als der Fernseher plärrte. Endlich schien ihr einzufallen, warum ich hier war. Sie wischte sich die Tränen ab, stand auf und nahm einen Schlüssel von der Fensterbank des Wohnzimmers, gab ihn mir und lächelte mich zaghaft an. Ich lächelte zurück, nahm ihn und ging wortlos aus dem Zimmer. Die zwei im Nebenzimmer schienen dem Ende nahe, als ich an der Rauchglasscheibe vorbeischlich. An der Wohnungstür drehte ich mich noch mal um. Die Blonde stand an der Tür des Wohnzimmers und sah mir nach. Oder vielleicht stand sie auch nur so da, denn sie schien mich nicht zu sehen. Ich winkte zum Abschied, doch sie rührte sich nicht. Leise zog ich die Tür zu.

Als ich in Dennis' Wohnzimmer saß, merkte ich, wie sehr mir die Hütte gefehlt hatte. Es war nur eine Wohnung, aber wenn ich früher bei ihm war, dann war ich glücklich. Wenn man jemanden so lange kennt, wie ich Dennis kenne, wenn man sich auch nachts, ohne Licht, problemlos zurechtfindet, wenn man weiß, wo alles ist, man kann alle Schränke öffnen, es gibt keine Geheimnisse, man kann überall seinen Kram rumliegen lassen, man kann sich benehmen, als wäre es die eigene Wohnung, dann ist man einfach glücklich, wenn man dort ist.

Es war besser als ein eigenes Zuhause. Ein eigenes Zuhause ist man irgendwann leid. Man muss selbst aufräumen, einkaufen und sich verantwortlich fühlen. Wenn ich zu Dennis kam, konnte ich eine Pizza mitbringen, sie essen und den Teller irgendwo in die Küche schmeißen. Wenn ich einen Teil davon Dennis gab, galt sie trotzdem als mitgebrachte Aufmerksamkeit unter Freunden. Ich konnte das tolle Gefühl haben, mit Dennis freundschaftlich zu teilen, aber er musste abwaschen. Und da merkte ich plötzlich, wie sehr mir auch Dennis fehlte.

Ich ging runter zu meinem Wagen, um meine Sachen zu holen, aber als ich den Kofferraum ausräumen wollte, fiel mein Blick auf die Gitarre auf dem Beifahrersitz. Ich kramte meinen Rucksack mit allen meinen Lieblings-CDs hervor, nahm die Gitarre und ging zurück in die Wohnung.

Ich hab nämlich meine Idee in die Tat umgesetzt, bin gestern nach dem Dienst in die Stadt gefahren und hab mir ‘ne Gitarre gekauft. Eine Klassikgitarre. Yamaha. Sie hat sechshundertfünfzig Mark gekostet, aber das war sie wert. Allein das helle Holz des Korpus ist so schön, dass ich sogar mehr dafür bezahlt hätte. Ihr Klang ist warm und sanft, aber trotzdem nicht lasch. Ich mein, ich hab natürlich überhaupt keine Ahnung von Gitarren. Ich weiß nicht, wie eine Gitarre wirklich klingen muss, damit sie gut ist. Aber ich weiß, wie sie sich in meinen Ohren anhören muss. Und diese Yamaha klang wie ein ganzer Song, auch wenn man nur eine Saite zupfte. Der Verkäufer merkte sofort, dass ich ein totaler Dilettant war, und wollte mir ein weitaus billigeres Anfängerding andrehen, das ein bisschen wie ein verschnupfter Wischmopp klang, aber ich hab mir gedacht: wennschon, dennschon, und legte meine Scheine auf den Tisch. Jetzt hatte ich ‘ne Superklampfe und konnte nichts spielen. Also setzte ich mich auf Dennis’ Bett, stellte »Big Empty« von den Stone Temple Pilots auf Dauerrepeat und bastelte los. Es war unglaublich schwer, die einzelnen Töne für einen Akkord zu finden. Sie schienen wahllos auf dem Hals der Gitarre verstreut zu liegen.

Ich brauchte allein für die zwei Griffe der Strophen mehr als drei Stunden. Aber ich gab nicht auf. Für den Refrain brauchte ich drei weitere Stunden, und als ich alle Griffe zusammen hatte, wurde mir klar, wie schwer es war, sie der Reihe nach zu spielen. Abends um sechs hörte ich auf. Mein Magen tat schon weh, ich hatte den ganzen Tag nichts gegessen. Und keinen Schritt aus der Wohnung getan. Die Fingerkuppen meiner linken Hand fühlten sich an, als hätte ich sie probeweise in einen Fleischwolf gesteckt. Beim Chinamann schräg gegenüber konnte ich meine Nudelschale kaum halten, so sehr zitterte die Hand. Aber ich konnte es nicht erwarten, wieder nach oben zu gehen und weiterzuspielen. Am schwierigsten war es allerdings, beim Spielen auch noch halbwegs gerade zu singen. Aber es ließ mir keine Ruhe, ich wollte es können. Mit Hilfe von Unmengen Kaffee übte ich die ganze Nacht, und als die Sonne aufging und ich die Gitarre kaum noch halten konnte, hatte ich es einigermaßen drauf. Allerdings konnte ich sowohl meine rechte Schulter als auch meinen linken Arm vermutlich für die nächsten Wochen wegschmeißen. Doch das war nicht so wichtig. Hauptsache, ich wurde ein Gitarrenvirtuose, und ich war auf dem besten Weg dahin.

63

Der optimale Tag

Ich hatte einen optimalen Tag, fast zwei, und jetzt sitz ich hier, ritze mit einem Messer Buchstaben in meinen Unterarm und schwöre, dass ich töten werde.

Ein optimaler Tag ist zum Beispiel, wenn du sonntags viel zu früh wach wirst, weil Sonnenstrahlen in dein Zimmer brechen, auf den Wänden flimmern und nach vier Wochen Dauerregen das erste Mal wieder die Sonne scheint. Und du weißt, es ist Wochenende, du hast den ganzen Tag nichts zu tun, und wenn du das Radio anmachst, spielen sie gerade Tom Waits. Du setzt dich auf den kleinen Küchenbalkon deiner Einpersonen-Hochhauswohnung, trinkst heißen Kaffee, isst ein Hörnchen und siehst zu, wie sich die Sonne langsam über die Häuser kämpft. Zwei kleine Vögel baden in der Dachrinne am Haus gegenüber und flattern dabei wild herum. Wenn sie in die Dachrinne springen, spritzt das Wasser in hohem Bogen in die Häuserschlucht hinunter, und das Sonnenlicht bricht sich in den Tropfen. Es glitzert und schimmert zwischen dem grauen Beton, und du bist der einzige Mensch auf der Erde, der schon wach ist.
Und dann sagt der Radiomoderator, dass heute Tom-Waits-Sonntag ist, und du weißt, du hast noch ein ganzes Paket Kaffee in der Küche und eine Pizza im Eisschrank

und kannst den Tag hier verbringen, ohne einmal den Fuß vor die Tür zu setzen.
Und so sitzt du im Liegestuhl auf dem Balkon und beobachtest die Nachbarn, wie sie einer nach dem anderen wach werden und sich durch den Tag kämpfen. Die Alte mit dem Blümchenkleid, die immer den Opa nebenan anschreit. Über ihre Geranien hinweg. Doch der Alte hört nichts. Sie macht damit nur den Hund der Pädagogikstudentin unter dir verrückt. Er kläfft ununterbrochen, weil sie ihn mal wieder auf den Balkon gesperrt hat. Und der alte Italiener von gegenüber, der nur von Zigarren zu leben scheint. Er lässt Opernarien auf seinen Balkon dröhnen, dass der Fliegenvorhang zittert, und ascht zum Spaß auf die Passanten unten auf dem Gehweg, die anfangen zu schreien, wenn er sie erwischt. Und die alleinerziehende Mutter von links unten mit den elfjährigen Drillingen, die sich den ganzen Tag im Hof anbrüllen, als sei Brüllen ihr Hobby. Sie kocht mal wieder Steckrüben, und der Gestank zieht hoch in deine Wohnung, vermischt sich mit dem Rauch billiger, italienischer Zigarren und zwängt sich in jede Ritze deines Zuhauses, als könne er sich dort für immer verkriechen. Alles um dich herum macht Lärm, stinkt, schreit sich an und penetriert die Umstehenden, Umsitzenden, Umwohnenden. Aber es ist der optimale Tag. Heute kann dir keiner was anhaben. Heute kannst du darüber lachen. Du sitzt den ganzen Tag auf dem Balkon und genießt es. Bis sie abends alle wieder schlafen gehen. Ein Licht nach dem anderen geht aus, in der Häuserzeile vor dir ist nur noch hier und da das bläuliche Schimmern eines Fernsehers zu sehen. Und erst, als auch der alte Italiener seine letzte Zigarre aufgeraucht hat, ins Bett geht und keiner mehr

wach ist und du schon vor Kälte zitterst, gehst du rein und legst dich schlafen. Und du weißt ganz genau, dass sie dich morgen alle wieder nerven werden. Dass du es kaum noch aushältst in dieser Wohnung und, wie immer, ans Umziehen denkst. Aber du weißt, dass sie ein kleines bisschen weniger nerven werden, als sie es gestern noch getan haben.

Soweit zum optimalen Tag. Ich hatte fast zwei davon. Einen echten gestern und den anderen heute, aber kurz vor seinem Abschluss kippte das Ganze in die größte Scheiße, die ich jemals erlebt habe.

Es war Samstag. Ich hatte nach meiner Gitarrenorgie bis nachmittags geschlafen, und als ich wach wurde, tat mir noch immer alles weh. Erst als ich in der Badewanne lag, ging es mir besser. Ich plantschte gerade lustig herum, als Dennis' Telefon klingelte.

So war das ja immer. Man konnte sich in den Flur setzen und auf einen Kumpel warten oder sehnsüchtig neben dem Telefon hocken, weil man sich einen Anruf von der Frau seiner Träume erhoffte, es passierte nichts. Man musste erst in die Badewanne oder zumindest aufs Klo, damit sich jemand rührte. Die Leute wollten einfach stören.

Vielleicht hört es ja auf, dachte ich und blieb erst mal in der Wanne liegen. Es wusste ja gar keiner, dass ich hier war. Aber es hörte nicht auf. Es klingelte jetzt schon mindestens das zehnte Mal. Als ich endlich den Hörer abnahm, waren es schon zwanzig Mal. Wer immer da anrief, musste es verdammt ernst meinen.

Und sie meinte es ernst. Es war Luca, sie hatte mit Dennis telefoniert und erfahren, dass ich jetzt hier wohnte. Und sie fragte mich, was ich heute machte. Am liebsten irgendwas mit dir, war meine Antwort, und sie sagte prima. Zehn Minuten später stand sie vor meiner Tür.

Und hier beginnt das Optimale.

Schon an der Tür hatte ich den Verdacht, dass Luca an diesem Tag den Menschen zeigen wollte, was wahre Schönheit ist, und bedauerte, dass mein linkes Auge noch immer nicht voll funktionsfähig war.

Wir gingen zusammen durch den verschneiten Stadtpark, weil sie Lust hatte, spazieren zu gehen, und ich Lust auf alles hatte, worauf sie Lust hatte. Weil es so kalt war und der Atem dampfte, konnte man genau sehen, wie alle männlichen Spaziergänger den Atem anhielten, wenn sie Luca erblickten, und kaum waren wir vorbei, fingen sie an, hastig in der Luft rumzuschnüffeln, um einen kleinen Hauch ihres Parfums zu erwischen. Ich selbst hatte schon seit einer halben Stunde nicht mehr geatmet. Es stimmte nicht, dass man von Luft und Liebe allein leben konnte. Man brauchte die Luft gar nicht. Ich konnte sogar reden, ohne zu atmen. So hatte ich mir Verliebtsein als Kind immer vorgestellt. Und es war beruhigend zu erfahren, dass es tatsächlich so war. Mein Bruder hätte diesen Moment im Park vermutlich als romantisch bezeichnet. Die Sonne stand schon tief über der Stadt, und dort, wo sie noch durch die Bäume des Parks brach und den Boden erreichte, färbte sie den Schnee orange. Die kleinen Sonneninseln glitzerten mit dem Eis des zugefrorenen Sees um die Wette, und ein paar Kinder hauten sich ordentlich Schneebälle in die Fresse. Ich erzählte Luca von der Begegnung mit Axel, und sie betrachtete noch mal mitleidig mein Fletschauge. Ein neuer Griff in die Muttergefühls-Trickkiste. Sie sah mich an und strich vorsichtig über meine Stirn. »Tut's denn noch weh?«

Ich nickte. »Jeder andere würde sterben.«

Sie grinste mich an, und hinter ihrem Rücken grinsten noch

ein paar Gesichter mehr. Die kleinen Schneeballwerfer hatten uns entdeckt und entpuppten sich als die wohlbekannte achtköpfige Combat-Truppe. Auch sie hatten ihr Opfer wiedererkannt und warteten auf einen günstigen Moment, über mich herzufallen. Ich wollte ihnen diesen Gefallen nicht tun, benutzte Luca als Deckung, und wir machten uns davon.

Wir gingen Pizza essen, danach ins Kino und anschließend in die Kneipe bei Dennis um die Ecke. Wir redeten und redeten und schauten uns pausenlos in die Augen. Als wir um zwei dann ordentlich alkoholisiert die Kneipe verließen, schneite es wieder. Es war kein Mensch mehr unterwegs, und der Schnee auf der Straße war unberührt. Uns wurde plötzlich klar, dass unsere Fußspuren die einzigen Hinweise darauf waren, dass dieser Stadtteil bewohnt war. Und die wären bald wieder zugeschneit. Wenn ausgerechnet heute kleine, schleimige Wesen vom Andromeda-Nebel kämen und diese Straße so vorfänden, würden sie ihr Raumschiff einfach wenden und sich wieder davonmachen. Das wollten wir nicht. Wir wollten signalisieren, dass es hier Leben gab, und so bauten wir einen Schneemann mitten auf die nächste Straßenkreuzung. Er wachte die ganze Nacht über das Viertel und wartete auch die gesamte nächste Woche noch auf die kleinen Wesen, die da kommen sollten, aber am nächsten Sonntag, gegen Mittag, fuhr ihn ein 13-Tonner platt, und so sollte er ihnen nie begegnen.

Ich legte meinen Arm um Luca, als wir weitergingen, und sie schien es zu genießen. Zu Hause öffnete ich die letzte Flasche Wein, die in Dennis' Wohnung zu finden war, und wir setzten uns bei Kerzenlicht aufs Bett. Ich hatte Luca eine Überraschung versprochen.

Die schon vorsorglich unterm Bett platzierte Gitarre sah im Kerzenschein noch edler aus als sonst. Lucas Augen leuchteten, als ich die ersten Akkorde spielte. Es war besoffen einfacher als nüchtern, stellte ich beruhigt fest, und mein konzentriertes Üben letzte Nacht machte sich bezahlt. Natürlich griff ich noch immer permanent daneben, aber das Stück und der gute Wille waren zu erkennen, und das reichte mir. Luca anscheinend auch. Sie legte sich nach hinten aufs Bett und hörte gespannt zu. Sie hatte ihre Beine angewinkelt, ihr linker Fuß berührte meinen Oberschenkel, und ich musste mich verdammt auf die Gitarre konzentrieren, um mich nicht zu häufig zu verspielen. Dabei hätte ich mich viel lieber auf ihren Fuß konzentriert, aber beides gleichzeitig ging nicht. Dafür war ich nicht versiert genug. Ich nahm mir in diesem Augenblick vor, so gut spielen zu lernen, dass ich gleichzeitig mit ihr schlafen konnte. Ich steigerte mich in eine unglaubliche Spielwut und schrammelte den Song fünf- oder sechsmal komplett hoch und runter, und Luca gefiel es noch immer.

Der Wein war mittlerweile leer, und da wir beide wieder Hunger hatten, ging ich in die Küche, um ein paar Baguettes in den Ofen zu schmeißen. Während ich vor dem Herd stand, überlegte ich fieberhaft, wie ich weitermachen sollte. Während meines Konzerts hatte sich Lucas Fuß immer weiter vorgearbeitet, so dass schließlich ihr ganzer Unterschenkel auf meinem Bein lag und ihr Fuß da, wo es am spannendsten war. Was hatte das zu sagen?

Eigentlich machten Frauen nichts zufällig, war meine Erfahrung. Bei ihnen hatte es meistens schon eine Bedeutung, wie sie sich das Haar übers Ohr strichen. Allerdings war Luca da immer irgendwie anders gewesen. Sie schien sich nicht so viele Gedanken darüber zu machen, was andere über sie dachten. Vielleicht hatte sie gar nicht gemerkt, wo ihr Fuß da gelandet war. Das Beste war, es einfach zu erfragen, war mein Entschluss, und als ich zurück ins Zimmer kam, stellte ich fest, dass dieser Plan genauso beschissen war wie alle anderen Pläne, die ich in der Küche hätte schmieden können. Mir wurde augenblicklich klar: ich hätte gar nicht planen dürfen. Ich hätte sofort ins Zimmer zurückstürmen, Luca aufs Bett schmeißen und küssen müssen. Ich hätte sie mit allen Mitteln daran hindern müssen einzuschlafen.

64

Der bis kurz vor Schluss optimale Tag

Der zweite optimale Tag begann damit, dass ich wach wurde und in Lucas Gesicht sah. Nachdem sie eingeschlafen war, hatte ich vorsichtig versucht, sie richtig in Dennis' Bett zu legen. Dabei wurde sie wach und nuschelte, ihr sei kalt und ich solle mich zu ihr legen. Nichts lieber als das, und zack, lag ich neben ihr. Das war ganz schön aufregend, stellte ich fest. Ich konnte meinen Blick nicht von ihrem Gesicht wenden, das sich, sanft vom Mond beleuchtet, vor mir in der Dunkelheit abzeichnete. Das schönste an ihrem Gesicht waren die Augen. Auch wenn sie momentan geschlossen waren, wusste man, dass einem der Blick, der jetzt gerade von diesen zarten Augenlidern verdeckt war, die Knie weich und den Hals eng werden ließ. Sie war blond, hatte aber braune Augen, die einem geheimnisvoll zublinzeln konnten. Und dann ihre Nase. Sie war nicht zu groß und vor allem nicht zu klein. Frauen mit zu kleinen Nasen sind das Schlimmste. Es war einfach die ideale Nase, mit einem schön geschwungenen Nasenrücken und kleinen, zarten, runden Nasenflügeln. Und durch diese Nase schnarchte es ganz leise und erotisch. Ihr Mund hatte erst recht diese geschwungene Form. Volle Lippen, die scheinbar nur zum Küssen gemacht waren. Man konnte sich kaum vorstellen, dass sie auch ganz alltäglich essen konnten. Erst nachdem wir zwei Stunden so gelegen hatten, schien sie mir sagen zu wollen, dass ich jetzt genug gestarrt hatte, und drehte sich auf die Seite. Ihr Hinterkopf war zwar anfangs auch spannend, aber auf die Dauer wurde ich doch müde und schlief ein.

Schon beim Aufwachen zeigte sie mir, dass ich was verpasst hatte. Sie lag so nah neben mir, dass ihr Atem mein Gesicht streifte. Ich wollte nicht aufstehen. Ich wollte nie wieder hier weg. Ich ärgerte mich, dass ich nicht die ganze Nacht wach geblieben war, um den Moment, in dem sie sich mir wieder zudrehte, nicht zu verpassen. Aber ich konnte natürlich nicht für immer hier liegen bleiben. Ich war ein Mann und musste meinen Pflichten nachkommen.

So stand ich auf und fing an, Frühstück zu machen.

Sie wurde vom Duft des Kaffees geweckt, und ich hoffe, jeder weiß, wie wundervoll es ist, so wach zu werden. Als sie barfuß in die Küche kam, fiel mir die Pfanne mit dem Rührei fast aus der Hand. Sie schaute mich verschlafen durch ihre zerwühlten Haare an und lächelte. Ich hab noch gar nichts von ihren Füßen erzählt. Sie hat so unglaublich schöne, eigenartigerweise immer braungebrannte Füße, dass man einfach nur die Zunge zwischen ihre Zehen stecken will. Und die Knöchel erst. Und die Beine und alles andere.

Und so ging der Tag weiter. Wir frühstückten genüsslich, gingen noch mal spazieren, guckten ein Video, hörten Musik und kochten dann ein grandioses Abendessen. Meine Mutter hatte mir, als ich auszog, alles Essbare von zu Hause mitgegeben. Als würde ich auf eine Expedition fahren. Ich wollte eigentlich nichts mitnehmen, aber da sie so glücklich war, mir das alles geben zu können, hatte ich es eingepackt. Es war genau das Richtige gewesen, stellte ich fest. Zwar konnte ich eigentlich nicht kochen, dafür aber Luca. Sie zauberte eine Spinatlasagne, die jeden Chefkoch in seine Schranken verwiesen hätte. Da kein Wein mehr da war, holte ich ein paar Flaschen Bier vom Kiosk, und als wir fertig waren mit dem Essen, blieben wir noch lange in der Küche sitzen und redeten. Über ihre Zeit in Spanien, über die Schule, über meine Zukunftspläne. Mich interessierte alles, was sie sagte, Hauptsache, sie sprach mit mir. Und sie war trotzdem keins von den Mädchen, die sich immer selbst reden hören müssen. Sie konnte zuhören. Manchmal wusste sie nach Wochen noch Sachen, die ich ihr erzählt und selber schon lange wieder vergessen hatte.

Wir waren beide schon wieder angetrunken, als wir ins Wohnzimmer rübergingen und sie mich fragte, ob ich nicht noch mal Gitarre für sie spielen könnte. Und da war mir auf einmal klar:

Ich hatte sie.

Heute würde es passieren. Gestern waren wir kurz davor, und heute würde sie wieder hier übernachten, und endlich würde das passieren, worauf ich Jahre gewartet hatte. Ich wurde ganz nervös, aber es war eine gute Nervosität. Ich spielte wie wild Gitarre, um mich zu beruhigen. Mein Herz klopfte bis zum Hals, wenn ich daran dachte, aber ich schrie meine Anspannung heraus und schrammelte erbarmungslos über die arme Yamaha. Und Luca hatte Spaß. Ich musste immer wieder in ihr lachendes Gesicht sehen, und ihr Gesicht schien zu sagen: Ich weiß, dass du es weißt.

Ich hielt es nicht mehr aus, ich musste mich noch mehr bewegen, ich musste tanzen, und so sprang ich auf, mit meiner Gitarre, und rannte sinnlos durchs Zimmer. Ich machte für sie den Angus Young und hüpfte auf einem Bein von der Tür zum Sofa und zurück. Sie lachte sich tot. Mittlerweile rollte ich glücklich mit der Gitarre über den Boden.

Und da klingelte es an der Tür.

Ich sah sie verwundert an und begriff sofort, dass sie wusste, wer da klingelte.

Ich wusste es nicht.

»Das ist Jemand«, sagte sie.

Und dann stand sie auf, drückte auf den Türsummer und lief aus der Wohnung ins Treppenhaus.

Ich fragte mich, warum.

Ich saß noch immer auf dem Boden im Wohnzimmer, mit meiner neuen Gitarre im Arm, als sie zurückkam. Es kam mir vor wie eine Ewigkeit.

Hinter ihr stand Jemand.

Er grinste, und dieses Grinsen schien mir irgendwas sagen zu wollen.

Luca war es peinlich.

In der Küche erklärte sie dann, dass Jemand ein paar Tage zu Besuch da wäre. Und dass sie noch zusammen weg wollten, heute Abend. Und Jemand grinste nur. Er fragte permanent nach was zu trinken. Ich hatte nichts mehr, außer einem Bier, und das wollte ich ihm nicht geben. Warum es denn hier nichts gäb, das sei doch nicht mein Ernst, meinte er immer wieder, und ich antwortete mit einem gequälten Lächeln, dass ich ein armer Zivi sei und nichts da hätte, außer einem letzten Bier. Ja, dann wolle er das, grinste er mich an. Er war total aufgedreht. Wie ein kleines Kind. Er wollte unglaublich lässig sein, als er da sein Bier trank, aber in Wirklichkeit titschte er nervös durch die Küche. Jede Bewegung war ein bisschen zu groß, jedes Wort ein bisschen zu laut. Und er grinste permanent. Er schien sich tierisch zu freuen, aber worüber, war mir nicht klar. Er stellte das halbvolle Bier beiseite, Luca umarmte mich, und dann waren sie weg.

Es dauerte ein bisschen, bis ich wusste, wie ich mich fühlte.

Ich fühlte mich verarscht.

Es war so unfassbar für mich, dass ich einfach nur in der Küche stand und vor mich auf den Boden starrte. Und weil ich nicht wusste, was ich machen sollte, ging ich auf den kleinen Küchenbalkon und starrte in die verschneite Nacht. Und da fiel mir auf, dass ein Auto unten vor dem Haus stand. Ich bekam ein ungutes Gefühl. Ich wusste, dass ich nicht sehen wollte, was jetzt passierte, aber ich blieb trotzdem stehen. Nach einer weiteren Minute ging unten die Haustür auf, und Luca und Jemand kamen heraus. Sie hatten für die drei Stockwerke mehr als fünf Minuten gebraucht.

Und auf einmal wurde mir bewusst, dass mir der Moment, als sie zum Aufmachen zur Haustür runtergelaufen war, nicht wie eine Ewigkeit vorgekommen war, es hatte tatsächlich so lange gedauert. Sie hatte so lange gebraucht, um ihn zu begrüßen.

Jetzt verstand ich auch seinen Blick von vorhin. Sein Blick wollte sagen: Ich weiß, dass du gerade raffst, was zwischen uns abgeht. Und ich weiß auch, dass zwischen euch nichts läuft. Er wollte den lässigen Macker abgeben, aber freute sich so dermaßen über seinen Triumph, dass er sich wie ein Irrer benahm.

Die beiden gingen zum Auto, und ich wusste in diesem Augenblick genau, dass Luca fühlte, dass ich hier auf dem Balkon stand. Aber sie traute sich nicht hochzuschauen. Jemand fühlte gar nichts. Er dachte nur daran, wie lässig er gerade gewesen war, stieg ins Auto und fuhr mit durchdrehenden Reifen davon.

Als sie schon lange weg waren, ging ich mit blaugefrorenen Fingern ins Schlafzimmer und fing an, auf das Bett einzuprügeln. Ich schrie in das Kissen und wollte weinen, aber es ging natürlich nicht.

Schreiben ging.

65

Blutrache

Sie fickt mit ihm. Sie fickt mit ihm. Sie fickt mit ihm.
Sie ist gerade von Jemand abgeholt worden. Sie hat ihm die Tür geöffnet, mit dem Summer, sie ist ihm auf der Treppe entgegengelaufen. Es hat fast fünf *Minuten gedauert, bis sie oben waren. Man muss den Tatsachen ins Auge sehen: Sie fickt mit ihm.*
Als sie weg waren, habe ich mir »Nichts bereuen« in den Arm geritzt. Mit meinem alten Schweizer Taschenmesser. Der ganze Schreibtisch war voll Blut. Diese Seiten sind es auch.
Irgendetwas von dem, was ich für sie gefühlt habe, ist heute für immer verloren gegangen. Das hoffe ich wenigstens. In diesem Augenblick glaube ich daran. Wenn ich Glück habe, tue ich es auch morgen noch und die nächste Woche. Und vielleicht wird es nie wieder so, wie es war.
Ich hatte mich in den letzten zwei Tagen richtig ins Zeug gelegt.
Ich hatte den Hampelmann für sie gemacht. Ich hatte ihr jeden Wunsch von den Lippen abgelesen. Und jetzt das. Ich hatte es satt. Diese Frau verarschte mich nach Strich und Faden, hielt mich hin, hielt mich warm und machte mich kalt.

Die Buchstaben in meinem Unterarm brannten mittlerweile wie die Hölle.

Liebe Luca, ich warte darauf, dass du mich anrufst. Ich weiß noch nicht, was ich dann tun werde, aber bis dahin habe ich einen Plan, der interessanter ist, als dich einfach nur zu ignorieren. Ich weiß, ich bin dir nicht egal.

Und was deinen Stecher Jemand betrifft: Wenn du ihn wirklich magst, solltest du auf ihn aufpassen. Ich habe geschworen, dass ich ihm die Fresse poliere, wenn ich ihn das nächste Mal sehe. Und zwar ernsthaft. Er wird danach ins Krankenhaus müssen. Ich schwöre es bei Gott.

66

Nie abgeschickte Briefe an Luca

Liebe Luca,
ich find das alles unglaublich lustig, aber der Spaß ist jetzt vorbei.

Dein Daniel

Liebe Luca,
verkauf mich nicht für dumm, leugnen ist zwecklos, ich weiß, dass du mit Jemand fickst. Ich persönlich find das richtig scheiße, aber um mich geht es hier nicht. Zumindest jetzt nicht mehr. Lass mich also bitte in Zukunft in Ruhe.

Danke
Daniel

Liebe Luca,
was glaubst du eigentlich, warum du mich magst. Auch wenn du mich nicht so liebst, wie ich dich liebe, bin ich dir auf keinen Fall egal, das weiß ich. Aber hast du mal darüber nachgedacht, warum?
Weil ich es so wollte. Du hast mich früher nicht mal angeschaut, wenn wir zufällig aufeinander trafen. Du hast mich am Anfang nicht mal gekannt.

Wenn du mich heute siehst, fällst du mir jauchzend um den Hals, küsst mich, erzählst mir, dass ich dir gefehlt habe. Und das alles, weil ich permanent daran gearbeitet habe. Weil ich wollte, dass du mich liebst. Weil ich wollte, dass ich dir gefalle. Weil ich wollte, dass du glücklich bist, wenn wir zusammen sind. Du magst mich, weil ich dich dazu gebracht habe. Hast du mal darüber nachgedacht, wie es sein wird, wenn ich diesen Willen nicht mehr habe? Wenn ich, genau so, wie ich in dein Leben gekommen bin, auch wieder verdufte? Denk mal darüber nach, wie häufig wir etwas zusammen gemacht haben und wieviel Spaß du dabei hattest. Und dass das alles dann vorbei sein wird. Denk mal darüber nach, ob dir dann was fehlt. Ich werde dieses Spiel nicht für immer mitmachen.

Daniel

Luca,
du hast mir mal eine Karte geschickt, auf der stand als letzter Satz: Ich denk an dich. Das schreibt man nicht zufällig. Du hast mir mal eine Karte geschickt, auf der mein Name mit Herzkringel geschrieben war. Das macht man nicht zufällig.
So wie du mich anguckst, mit mir redest, mich umarmst, wenn wir uns sehen,
ist nichts davon zufällig.
Du verarschst mich mutwillig.
Ich lass mich nicht länger verarschen.
Entscheide dich.

Daniel

Liebe Luca,
ich weiß ja, dass du an die große Liebe glaubst, und das tue ich wohl irgendwie auch, sonst hätte ich die ganze Scheiße bis hierher nicht durchgezogen. Aber hast du mal darüber nachgedacht, was ist, wenn ich der Einzige bin, der dich so liebt. Wenn du dein ganzes beschissenes Leben damit verbringst, deine große Liebe zu suchen, denjenigen, der dir wirklich treu ist und dich liebt, bis du alt und faltig bist und es keinen außer mir gibt? Wenn du irgendwann feststellst, dass es keinen gibt, dem du wirklich vertrauen kannst, bei dem du dir wirklich sicher sein kannst? Und was ist dann, wenn am Ende deines Lebens sich die große Liebe, der du immer nachgejagt bist, umdreht und zu dir sagt: Ich kann nicht mehr. Ich hab genug vom sinnlosen Umherrennen. Du bist mir nicht hinterhergelaufen, sondern du hast mich durch dein Rennen verscheucht. Du hattest deine Chance, aber was hast du aus mir gemacht? Dreh dich mal um. Da ist noch einer, der hinter uns beiden hergerannt ist. Zumindest ein großes Stück lang. Ich hätte ja auf ihn gewartet, aber du wolltest nicht stehenbleiben. Was machst du, wenn es wirklich so ist?

Der Mitläufer

Dumme Fotze,
leck mich am Arsch.
Daniel

Liebe Luca,
du magst mich vielleicht für arrogant halten, wenn ich dir das jetzt sage, aber das Erste, was ich in meinem Leben gelernt habe, ist, dass man als Mensch auf dieser Welt alleine ist. Es gibt nur dich und dein Gehirn, die Welt in deinem Kopf. Und spätestens im Sterben wird das jeder Mensch begreifen. Es kann dir dabei keiner helfen. Du bist einfach alleine.
Ich weiß, dass ich alleine bin und dass mir keiner helfen kann. Ich brauche niemanden zum Leben. Ich brauche dich nicht. Auch wenn ich dich liebe, kann ich ohne dich leben. Ich muss mein Leben alleine hinter mich bringen. Ich muss die ganze Last, die durch meine Existenz auf meine Schultern geladen ist, alleine tragen. Es ist ein großer Sack mit Steinen und ein paar Körbe, mit schweren Gewichten gefüllt. Es gibt viele Menschen, die an dieser Last zerbrechen, aber auch ein paar, die es schaffen, Steine des anderen mitzutragen. Das ist die Liebe: Eine Zeit lang, vielleicht bis zum Lebensende ein paar Körbe des anderen mittragen. Ich brauche niemanden, der mich liebt und mir ein paar Steine abnimmt. Im Gegenteil, momentan könnte ich die Last zweimal tragen. Ich weiß zwar nicht, wie lange noch, aber bis jetzt kneift es nur ab und zu in der Schulter.

Daniel

Liebe Luca,
glaubst du wirklich, dass ich dieses Scheißspiel weiter mitmache?
Dass ich dein Joker bin, den du rausholen kannst, wenn gar nichts mehr geht und alle dich verlassen haben? Dass

ich bis zur neunzigsten Minute auf der Ersatzbank sitze, um in der Nachspielzeit noch das rettende Tor einzulochen?
Den Gefallen werde ich dir nicht tun. Nicht mal dir. Ich würde sterben für dich, wenn ich wüsste, dass du mich liebst. Aber das hier werde ich mir nicht antun.

Daniel

67

Wrack

Der Tumor arbeitet. Danke. Es juckt. Sie laufen über meinen Körper. Ich seh sie nicht. Aber ich finde sie. Bald. Schlaf ist nur gradueller Unterschied.

68

Inspiration

Mein Kopf ist leer wie vor mir dieses Blatt Papier.
Komm zu mir, mein Tiger, und stärk meine Gedanken.
Stärk, stärk, stärk.
Danke.

Werner, frühe neunziger Jahre.
Vielleicht auch späte achtziger?

69

Beiläufigkeiten

Ich könnte jetzt erzählen, wie ich meinen Körper wieder in permanenten Koffeinrausch versetzte und danach unter ordentliche Alkoholpegel. Ich könnte erzählen, wie ich gekrümmt auf dem Bett liege, alles tut weh, und in regelmäßigen Abständen zuckt der Gedanke an eine bestimmte Frau durch mein Hirn, und dann werden die Schmerzen unerträglich. Ich könnte das alles erzählen, aber man kennt es schon, und in unserer schnelllebigen Zeit will man nichts mehr hören, was man schon kennt. Neu und ausgefallen und besonders muss alles sein. Ich bin alt und gewöhnlich und überhaupt nicht besonders. Also wen interessiert's.

70

nur ein wort

VAGINA.

71

nicht denken, schenken!

Bin heute nicht zum Dienst gegangen. Stattdessen die ganze Zeit in der Stadt umhergestreift. Es hat angefangen zu regnen, und der Schnee taut durch den dreckigen Regen schneller, als wenn man draufpisst. Kleine graue Elendshäufchen am Straßenrand. Und dazwischen: ein kleines graues Elendshäufchen, das nicht mehr weiß, wohin es soll.

Ich hab einem Penner zehn Mark geschenkt. Ich wollte das gar nicht. Nicht so viel, meine ich. Er saß bei einer U-Bahnstation auf einer braunen Pappe, die mittlerweile schon komplett aufgeweicht war. Mit seinem Hund.

Er spielte Klarinette. Eigentlich gut, aber seine Hände zitterten so stark, dass er die Tasten nicht richtig halten konnte, und so zitterten die Töne ebenfalls. Als ich vor ihm stand, mit meinem Portemonnaie in der Hand, musste ich feststellen, dass ich kein Kleingeld mehr hatte. Nur noch diesen Zehner. Ich wollte nicht einfach weitergehen und schenkte ihm den Schein. Er hat sich gefreut. Aber ich glaub, ich freute mich noch mehr.

72

Kain und Abel

Ich hab das noch nie erzählt, aber ich war lange Zeit in Heike verliebt. Das ist zwar schon Ewigkeiten her, aber man kann es nicht einfach unter den Teppich kehren. Das war so in der fünften Klasse. Von der fünften bis zur achten, um ehrlich zu sein. Sie wollte nie was von mir wissen, ich war ein guter Freund für sie. Das ist ja ständig mein Problem. Das eigentliche Problem aber ist, dass ich dieses Spiel immer mitmache. Wahrscheinlich bin ich einfach nicht egoistisch genug. Ich bin immer so verständnisvoll. Ich bin ein Idiot. Mein Bruder wusste übrigens, dass ich früher was von Heike wollte. Und er hat mir nie ganz getraut, ob das wirklich vorbei ist und ob ich sie in Ruhe lassen würde. Was an sich schon eine riesen Frechheit ist, denn er ist mein Bruder, und lieber würde ich mir einen Arm abhacken, als ihm seine Freundin ausspannen. Außerdem wollte ich wirklich nichts mehr von ihr. Allerdings: Man wird ja manchmal so nostalgisch und tut Dinge der alten Zeiten wegen.

73

Sie wollen in die Ohren

Sie sind wieder da. Sie bauen sich ein Nest in meinen Haaren. Sie wollen in die Ohren. Ich verbiete es. Vielleicht juckt es auch nur ganz normal. Ich glaub, Dennis hat Flöhe.

73

Rumliegen

Ich bin jetzt schon seit drei Tagen in Dennis' Wohnung, ohne den Fuß vor die Tür gesetzt zu haben. Beim Dienst bin ich krankgemeldet. Ich bin tatsächlich krank. Hab mir bei meiner letzten Stadttour eine richtige Grippe eingefangen. Mit Fieber und Kopfschmerzen. Ich lieg den ganzen Tag auf dem Sofa rum und gucke Fernsehen. Meine Mutter kommt vorbei und bringt mir Mittagessen. Sie hat Angst, dass ich sonst gar nichts essen würde. Ihre Angst ist begründet.

Ich bin seit neuestem wieder sicher, bescheuert zu werden. Ich hab dieses Problem in der letzten Zeit ein wenig vernachlässigt. Schizophrenie. Klare Diagnose. Oder BSE. Und dann steht natürlich noch die Frage im Raum, ob man verrückt werden kann, nur weil man Angst davor hat, verrückt zu werden. Dann hab ich nämlich ein Problem. Ich bin in einen Teufelskreis geraten, das ist offensichtlich. Ich glaub, ich muss da raus.

Ich glaub, das komm ich nicht, wenn ich die Viecher nicht loswerde.

Es sei denn, mein Tumor erlöst mich vorher.

74

Eikeheike, eine Symbiose aus Dummheit und Ignoranz

Wenn ich mir das recht überlege, war das damals eine Riesensauerei mit Eike und Heike. Mein Bruder wusste ganz genau, wie ich dazu stand. Außerdem gehe ich mal davon aus, dass Heike bei ihm nur gesucht hat, was sie eigentlich von mir wollte. Nur, dass sie es selbst nicht wusste. Sie kannte mich so gut, dass ihr mein Bruder ganz vertraut vorkam. Selber schuld.

75

Stille im Ozean

Wasser, überall Wasser.
Kopf im Waschbecken.
Das Gekrabbel hört auf. Ersäuf sie alle.
Nicht mit mir, so ein Parasitentum.

76

Peinlichkeiten

Hast du schon mal gedacht, dass du ganz alleine bist.

Hast du geglaubt, plötzlich zu erkennen, dass du keinen einzigen Freund hast.

Niemanden, der dich liebt.

Und vor allem niemanden, den du lieben kannst.

Und war dir das plötzlich peinlich.

Dass du dir selbst nicht genügst.

Dass du andere brauchst.

Dass es anderen viel schlechter geht, während du im Selbstmitleid versinkst.

77

Nichts

bereuen. Ich werde nichts bereuen. Ich werde nichts

*bereuen. Ich werde nichts bereuen. Ich werde nichts glauben.
Ich werde nichts bereuen. Ich werde nichts bereuen. Ich wer-
de nichts bereuen. Ich werde nichts bereuen. Ich werde nichts
bereuen. Ich werde nichts bereuen. Ich werde nichts bereuen.
Ich werde nichts bereuen. Ich werde nichts bereuen. Ich wer-
de nichts bereuen. Ich werde nichts bereuen. Ich werde nichts
bereuen. Ich werde nichts bereuen. Ich werde nichts bereuen.
Ich werde nichts bereuen. Ich werde nichts bereuen. Ich wer-
de nichts bereuen. Ich werde nichts bereuen. Ich werde nichts
bereuen. Ich werde nichts bereuen. Ich werde nichts bereuen.
Ich werde nichts bereuen. Ich werde nichts bereuen. Ich wer-
de nichts bereuen. Ich werde nichts bereuen. Ich werde nichts
bereuen. Ich werde nichts bereuen. Ich werde nichts bereuen.
Ich werde nichts bereuen. Ich werde nichts bereuen. Ich wer-
de nichts bereuen. Ich werde nichts bereuen. Ich werde nichts
bereuen. Ich werde nichts bereuen. Ich werde nichts bereuen.
Ich werde nichts bereuen. Ich werde nichts bereuen. Ich wer-
de nichts bereuen. Ich werde nichts bereuen. Ich werde nichts
bereuen. Ich werde nichts bereuen. Ich werde nichts bereuen.
Ich werde nichts bereuen. Ich werde nichts bereuen. Ich wer-
de nichts bereuen. Ich werde nichts bereuen. Ich werde nichts
bereuen. Ich werde nichts bereuen. Ich werde nichts bereuen.
Ich werde nichts bereuen. Ich werde nichts bereuen. Ich wer-
de nichts bereuen. Ich werde nichts bereuen. Ich werde nichts
bereuen. Ich werde nichts bereuen. Ich werde nichts bereuen.
Ich werde nichts bereuen. Ich werde nichts bereuen. Ich wer-
de nichts bereuen. Ich werde nichts bereuen. Ich werde nichts
bereuen. Ich werde nichts bereuen. Ich werde nichts bereuen.
Ich werde nichts bereuen. Ich werde nichts bereuen. Ich wer-
de nichts bereuen. Ich werde nichts bereuen. Ich werde nichts
bereuen. Ich werde nichts bereuen. Ich werde nichts bereuen.
Ich werde nichts bereuen. Ich werde nichts machen.*

78

Erwachen

Was zum Teufel?

Wer?

Hallo?

Unbeeindruckte Stille.

Da war was im Treppenhaus. Wo war das Treppenhaus noch gleich?

Wo zur Hölle bin ich? Was hallt hier so? Oh nein, es ist die Badewanne.

Es ist die Badewanne.

Ich lieg in der Badewanne.

Über mir Dunkelheit. Nur der Wasserhahn blinkt stumm vor sich hin.

Gleich ertrinke ich. Zu viel Wasser. Lungenembolie. Schwarz.

79

Ertrinken

Ja?

Hallo?

Das Treppenhaus. Wo zur Hölle bin ich? Die Badewanne. Ach ja.

Mann, bin ich ersoffen. Besoffen.

Oha, das Treppenhaus. Wer ist denn da?

Schneller an der Tür als irgendwie möglich. Komisch.

Aha, Tür geht nach innen auf. Auch neu. Da ist was im Treppenhaus. Da ist grelles Licht. Da kommt was. Was kommt. Da kommt was. Da kann nichts kommen. Da ist Fenster und dreißigster Stock. Da kommt Sonne. Ach ja, Sonne. Morgen hier. Ein Band am Geländer. Rot. Wäscheleine? Wäsche im Treppenhaus? Morgen Sonne. Morgen, Polizei. Stehenbleiben. Hände auf den Rücken. Besser nicht. Abstützen am Geländer ist besser.

Aha, der Nebel lichtet sich. Da kommt doch was. Einer. Lollek.

»Mann, was ist denn mit dir los? Geht's dir gut?«

Ich will ja. Ich will ja reden, es kommt Schnauben am Geländer entlang.

Gelegenheit vorbei.

»Du bist ja total betrunken.«

Immer noch? Ah so.

Lollek besorgt. Was soll ich sagen? Ich kann nicht.

»Geht schon.«

Ohne Schnörkel. Lollek immer noch besorgt.

»Wo ist Bollek?«

Da guckt er dumm.

»Wer ist Bollek? Ich glaub, ich muss mir Sorgen um dich machen.«

Sag ich ja: besorgt.

»Wohnst du jetzt hier?«

»In Dennis Wohnung. Da, gleich um Ecke. Stock höher.«

»Hey, komm mal mit, wir gehen da hoch. Muss dir was sagen.«

Wasser. Hahn.

Einiges wird durchschaubarer.

Lollek macht Kaffee. Versuche, unter dem Wasserhahn im Bad meine letzten Gehirnzellen zu reaktivieren. Ein Bulle kocht in meiner Küche Kaffee. Also eigentlich Dennis' Küche. Wenn der das erfährt.

Komme wieder in die Küche, da stehen zwei Tassen auf dem Tisch. Lollek grübelt in seine hinein. Trinken schlückchenweise. Wie Opa Bröking.

»Ganz schöne Scheiße da unten.«

Er will mir was sagen. Und sagt es dem Kaffee.

»Die Meißner hat sich umgebracht.«

»Wer?« zum Teufel war das?

»Von unter dir.«

»Die Nutte?«

Nicken.

Nicht gut. Es schwimmt wieder.

»Wie?«

»Erhängt. An der Treppe.«

Es dreht sich einiges.

Das ist alles gleichzeitig. Die Wäscheleine. Der hellblaue

Minirock. Ihr Gesicht an der Tür. Der Schlüssel. Der Spermageruch. Die Wäscheleine. An meinem Geländer. Das Gesicht vor dem Fernseher. Ihre Tränen. Die Talkshow. Das Treppenhaus. Die rote Leine. Ihr Blick durch mich durch. Am Treppenhaus.

Die Gitarre. Die Sonne.

Ich kann nicht mehr. Ich kann mich nicht mehr rühren.

Wir sitzen, ohne zu reden. Vielleicht drei Minuten. Vielleicht fünfzehn. Dann geht er. Klopft mir auf die Schulter. Nach einer halben Stunde hört man nichts mehr. Alle weg. Ich auch.

Ich lag besoffen in der Badewanne, der Teufel weiß, wie ich da hinein gekommen bin, als die Meißner starb. Luftlinie sieben Meter von mir. Ich kannte sie nicht. Ich weiß nicht, wie lang sie gehangen hat. Ich weiß nicht, ob ich es gehört habe. Ich weiß nur, wie sie mich angeschaut hat, als wir uns das erste Mal sahen. Und wie sie durch mich durchgeschaut hat, als ich mich von ihr verabschiedet habe. Sie hat damals ins Treppenhaus geguckt. Voller Sehnsucht auf das Geländer gestarrt. Durch mich durch.

80

Abgeschleppt

Vielleicht ziehe ich wieder zu meinen Eltern. Vielleicht lass ich es auch. Aber in Dennis' Wohnung halt ich es nicht mehr aus. In der ganzen Stadt nicht. Ich muss hier irgendwie weg.

Ich stand wieder auf der Fußgängerbrücke und spuckte auf Autos. Ich hab das früher immer mit meinem Bruder gemacht. Ich hab früher alles mit meinem Bruder gemacht. Aber das war ganz früher, als wir so sechs oder sieben waren. Einmal haben wir angefangen, es war im Hochsommer, von dieser Brücke Wasserbomben zu schmeißen. Spucke reichte uns nicht mehr. Außerdem standen wir schon einen halben Tag da und hatten wegen der Hitze sowieso keinen Speichel mehr im Mund. Wir haben uns bei Frau Claasen zwei Tüten Wasserbomben gekauft, haben sie unter der freundlichen Aufsicht von Frau Claasen im Laden aufgefüllt und sind mit einem Rucksack voll bunter Bomben zur Brücke. Die Hälfte ging schon in der Tasche kaputt, und Eike war klatschnass, als wir ankamen.

Dann haben wir angefangen zu werfen. Das war gar nicht so einfach. Die Dinger waren träge, und am Anfang haben wir die Autos verfehlt. Dann aber haben wir eins getroffen. Und direkt als erstes genau den Falschen. Er hat bei Tempo achtzig eine Vollbremsung auf der Straße hingelegt, ist auf den Standstreifen und im Rückwärtsgang auf uns zugeschossen. Dann ist er aus seiner Karre gesprungen und auf die Wendeltreppe der Brücke zugerannt. Er sagte kein Wort. Er brüllte nicht. Aber er war unglaublich sauer. Er fuhr einen roten, aufgemotzten Passat, hatte einen Schnurrbart und sah aus wie ein Verbrecher. Und er sah aus, als ob er uns jetzt töten würde. Eike und ich sind wie die Bescheuerten weggerannt. Über die Brücke, auf der anderen Seite runter. Und als er das sah, ist er wieder zu seinem Wagen gesprungen und mit Vollgas quer über die Straße geheizt, so dass der Gegenverkehr hupend zum Stehen kam. Ich hörte nur, wie er hinter uns mit quietschenden Reifen um die Ecke schlitterte. Ich bin in meinem ganzen Leben noch nie so gerannt. Wir sprangen über einen Zaun in einen Garten und von da aus immer weiter über die Nachbargrundstücke, während er auf der Straße neben uns herfuhr. Dann blieben wir einfach hinter einem Gartenhäuschen stehen, und er raste vorbei. Wir standen da, in diesem fremden Garten und waren so außer Atem, dass wir kurz davor waren, tot umzufallen. Aber das Schlimmste war, dass wir so lachen mussten, dass ich dachte, ich ersticke.

Wir haben uns früher über alles totgelacht. Eike und ich. Heute lachen wir gar nicht mehr zusammen. Höchstens übereinander.

Manchmal frag ich mich, wer von uns beiden das Arschloch geworden ist.

Und dann war da auf einmal Maria. Sie stand plötzlich neben mir, rotzte auf die Autos und ich traute meinen Augen nicht.

»Wie lang bist du schon hier?«, fragte ich, und sie meinte nur: »Och, schon ‘ne ganze Weile.«

Aha.

»Du hast mir auf die Scheibe gespuckt. Als ich dir gewunken hab.«

»Oh. Das war keine Absicht.«

»Verstehe.«

»Ich hab dich gar nicht gesehen.«

»Ich hab dreimal gelichthupt.«

»Gelichthupt?«

Patsch. Sie hatte schon wieder einen getroffen. Irgendwie war ihr Timing besser als meins. Sie klärte mich auf.

»Das hab ich früher manchmal mit Luca gemacht.«

Das war ja noch schöner. Mädchen, die mehr Autorotzen geübt hatten als ich.

»An dieser Brücke?«

»Jepp.«

Und da hatte ich sie wieder vor Augen, die beiden Mädchen, die ich mit Eike manchmal von unserer Brücke verjagt habe. Ich hatte dieses Gefühl, das man bekommt, wenn einem größere Zusammenhänge klar werden. Dieses Gefühl plötzlicher Erkenntnis. Aha, so ist das also. So läuft die Welt. Daher kennen wir uns. Und gleichzeitig das Gefühl, gerade in eine dumme Situation zu schlittern.

»Da haben uns immer zwei so Typen verjagt.«

Die ganze Wut von damals begann, in ihr hochzukochen.

»Wie wir die gehasst haben. So'n kleiner Blonder und so'n großer Dunkelhaariger. Zwei Straßenköter, die glaubten, dass ihnen hier alles gehört. Nur weil wir Mädchen waren. Wir haben sie immer Lollek und Bollek genannt.«

Ich verstand die Welt, das Universum, die Liebe und den Tod. Das wollte ich Maria gerade erzählen, als sie mich packte und sagte, du kommst mit, die Brücke entlangrannte und mich über die Wendeltreppe nach unten schleifte. Die Wendeltreppe, über die noch vor Minuten ein schnauzbärtiger, wild entschlossener Passatfahrer gerannt war, um zwei kleine Kinder zu töten.

81

Die folgenden 24 Stunden

Es blitzt auf mich ein. Es blitzt in meinen Kopf. Ich rase durch das Licht. Es ist Nacht. Es fällt um. Das Licht fällt um. Es ist leise. Unglaublich leise. Plattes Land ohne Häuser, ein paar Bäume, ein Paar Büsche, die man gerade noch schemenhaft erahnen kann. Und der LKW. Jetzt bin ich dran. Ich hab's getan. Ich hab's endlich getan. Und jetzt kommt die Strafe. Gleich steht die Karre. Gleich kommt der LKW. Gleich bin ich platt.

Seltsamer Abend. Es ist alles so normal. Übersteigerte Erwartungen, klar. Es ist normal, und es ist so öde. Jetzt schon. Und dann noch Luca. Was kennt sie, was ich nicht kenne? - Warum wirkt sie immer so verdammt glücklich? Was weiß sie, das ich niemals wissen werde? Das eine war's zumindest nicht. Ich bin niemals zufrieden. Mein Bier ist warm. Es ist das zweite. Schon das zweite schmeckt mir nicht mehr. Scheiß Musik. Ein seltsamer Abend hier im U-Club. Ein Abend wie immer.

Die Karre steht.

Inmitten von umgestürzten Warnbaken.

Eine Baustelle. Es ist eine verdammte Baustelle.

Ich bin erst spät zum U-Club gegangen. Um eins. Mit Maria. Frisch geduscht. Gut gelaunt, um nicht zu sagen: hysterisch vor Freude. Auf Wolke sieben, ganz natürlich, ganz biologisch bedingt. Ich wollte es herausschreien. Jedem ins Gesicht brüllen. Und eigentlich wollte ich es für mich behalten und keinen Menschen sehen. Ich will es kurz machen: Ich hab mit 'nem Mädchen geschlafen.

Keine Sommernacht, keine Verliebtheit, kein weiches Gras, keine Sterne, kein Wein, keine Glühwürmchen, kein Schmetterling, keine Luca.

Die Musik dröhnt. Ich hol mir mein erstes Bier. Maria flippt an meiner Seite rum. Ich will sie küssen, doch sie dreht sich weg. Was soll das denn? Willst du was trinken, kleine Maria? Ja, sie will. Maria ist gar nicht mehr so klein. Sie will einen Whisky. On the Rocks. Komisch, das zu trinken, denk ich. Komisch, was heute so alles passiert. Und dann, als ich an der Bar stehe und bestelle, drängelt sich einer vor, und das ist Lothar, der Grillmaster. Ich verpasse ihm einen ordentlichen Hieb mit dem Ellenbogen. Er guckt ganz erstaunt, und ich nehm ihn einfach in den Arm.

»Top-Abend, heute. Oder?«

Er kann meine Begeisterung nicht so ganz teilen. Ihm ist mein Kontakt unangenehm. Er bestellt zwei Bier. Was hat er?

»Bist du mit Maria hier?«, schreit er mir ins Ohr, und ich brülle glücklich: »Ja.«

Er nickt schweigend. Dann nimmt er seine Biere und geht. Ich komm mal wieder als Letzter dran, nehme auch meine Drinks und fange an, Maria zu suchen. Nach zehn Minuten Suchen finde ich sie. In einer dunklen Ecke. Lothar steht bei ihr. Beide ein Bier in der Hand.

Ich verpisse mich, will keinen mehr sehen und wen treffe ich?

Luca.

Es fängt an zu stinken.

Das sind die Vorderreifen. Es riecht nach verbranntem Gummi. Vollbremsung. Die Reifen sind hin. Es war mein Traum. Ich bin auf der Autobahn gerast, schneller ging nicht, und dann hab ich die Rauchsäule am Horizont gesehen. Und den LKW hinter mir, und ich hab richtig Schiss bekommen. Und dann voll in die Baustelle rein. Jetzt passiert es also. Das war's.

Das war's also. Ich lag neben ihr, in Lucas Bett, weil das größer war, und dachte einfach nur: Das war's also. Ich hatte mein Ziel nicht erreicht, aber immerhin die Schwester bekommen. Es blieb quasi in der Familie. Maria hatte mich zu sich nach Hause geschleppt. Es wurde schon dunkel, als wir in ihrem Zimmer saßen, jeder mit einer Tasse Kaffee in der Hand, und sie plötzlich ihre Hand von der Tasse nahm und auf meinen Schoss legte. Einfach so. Und dann sagte sie:

»Wusst ich doch, dass der hart ist.«

Das nenn ich Selbstvertrauen.

Aber sie hatte Recht, so wie sie sich auf dem Sofa geräkelt hatte, kein Wunder.

Luca tanzt. Und wie sie tanzt. Ich fange an zu stieren, durch die Leute hindurch. Sie sieht mich nicht. Und jetzt fällt alles endgültig in sich zusammen. Die gute Laune, die Illusion, keine Probleme mehr zu haben, der fatale Glaube, irgendwie zufrieden zu sein. Es ist wie eh und je, nur dass ich heute gefickt habe. Es ist alles wie immer. Es ist alles wie immer. Ich bin ein unzufriedenes kleines Arschloch.

Ich hänge im Auto und kann die Tür nicht öffnen. Es stinkt immer mehr. Vielleicht ist das nicht nur Reifengummi. Hier schmort was. Ich kann mich nicht bewegen. Wie so oft.

Bevor ich Luca sah, wurde ich gesehen, und zwar von Axel. Er rammte mir den Ellenbogen in die Rippen, und dann nahm er mich in den Arm. Er stellte mir irgendeine Schlampe vor, die Annette hieß, glaube ich. Sie sah aus, als wäre sie einfach total verblödet, und redete, als wäre »verblödet« ein Kompliment für sie. Sie trug schwarze Buffalo's. Mit Plateausohlen. Das sagt alles. Sie kaute die ganze Zeit Kaugummi und fühlte sich dabei wohl extrem lässig. Starrte mich an, blinzelte mich an. Wollte irgendwas von mir, mir war es egal. Sie zogen gemeinsam von dannen. Axel mit dem Hinweis, dass er noch mal wiederkäme, wegen eines wichtigen Gesprächs. Oh, toll.

Ich starre also Luca an. Versinke in ihrem Tanz. Ich liebe sie. Irgendwer stellt sich ins Bild und hat zwei Drinks in der Hand. Irgendein bescheuertes blaues Zeug, und eins davon gibt er Luca. Er dreht sich um, und alles andere dreht sich mit ihm: Es ist Jemand. Mein Adrenalingehalt im Blut verdoppelt sich schlagartig. Ich weiß, was ich geschworen habe.

Es war eine Wahnidee. Ich hab geglaubt, ich wär in meinem Autobahntraum. Offenbar gingen Phantasie und Realität ein wenig durcheinander bei mir. So langsam beruhige ich mich wieder in der stinkenden Karre. Das Komische ist, dass es hier tatsächlich eine Rauchsäule gibt, fünfzig Meter weiter. Vielleicht stinkt die so. Da kommt auch eine Brücke. Irgendwas brennt unter dieser Brücke. Aber es ist was Kleines. Nichts

Gefährliches. Kein Höllenfeuer, das einen verschluckt. Und dann höre ich den LKW, und das ändert einiges. Er ist schon ziemlich nah. Also doch. Ein alternatives Traumende. Er überrollt mich.

Axel kommt wieder.

Er nimmt mich mit zur Toilette, keine Widerrede. Kein Scheiß. Die Schlampe steht auf dich, sagt er. Sie soll mich in Ruhe lassen, sage ich. Das wird sie nicht. Selber schuld.

Er schließt uns im letzten Klokabuff ein. Flüstert. Übertreibt maßlos, will Gangster spielen. Morgen ist es soweit. Morgen, siebzehn Uhr elf, Hauptbahnhof. Hinstellen, am Bahnsteig 4. Letzter Waggon. Letzte Tür. Paket nehmen. Losgehen. Nach Hause. Irgendwo verstecken. Fresse halten. So lange, bis Axel sich meldet. Was da drin ist, will ich wissen. Natürlich sagt er es nicht. Wenn ich es öffne, bin ich dran. Was immer das heißen mag.

Ich starre auf Luca. Sie tanzt mit Jemand, und ich weiß nicht, was ich tun soll. Ich hab geschworen, dass ich ihn krankenhausreif schlage. Und jetzt steh ich hier und weiß nicht weiter. Er ist ein Schwächling. Ich könnte ihm das Gehirn durch die Fresse jagen. Aber will ich das? Muss ich es, weil ich es geschworen habe? Beim Nachdenken wird meine Wut immer größer. Und er fängt an, Luca ganz abartig anzumachen. Mir fällt Maria wieder ein. Auf die kann man sich auch nicht verlassen. Man kann sich auf keinen mehr verlassen. Mir reicht's.

Er guckt dumm, als ich so zielstrebig auf ihn zukomme. Er weiß, dass er mich irgendwoher kennt, aber er erinnert sich erst, als meine Faust sein Gesicht trifft. Er erinnert sich schlagartig. Luca guckt erschrocken. Und die Umstehenden erleben diesen Moment, den ich bisher immer nur vom Zuschauen kannte. Es wird plötzlich todernst. Die Anspannung im Raum ist greifbar. Auch die, die es gar nicht gesehen haben, merken sofort an den Blicken der anderen: Jetzt wird's gleich böse. Ich hab ihm einfach in die Fresse gehauen. Es war ein eigenartiges Gefühl. Es war extreme Genugtuung. Und er begreift immer noch nicht, was los ist. Ich warte, dass er was macht. Mein Körper ist bereit. Adrenalin bis unter die Fußnägel. Er macht nichts. Er guckt nur ungläubig. Fasst sich ans Kinn. Langsam kommen die Schmerzen. Auch in meiner Hand. Aber ich will weiter schlagen. Das war gut. Ich brauch das. Heute wird aus mir ein Mann. Komm schon, spiel den Helden.

Der LKW ist da. Die Scheinwerfer zerreißen alles in gleißendes Licht. Das Lenkrad wabert vor mir. Ich beiße rein, damit es endlich ruhig hält. Und wie so häufig: Ich will nicht mehr. Der LKW bleibt stehen. Stimmen. Aus. Ende. Schwarz.

Irgendwie sind wir nach draußen gekommen. Ich glaub, er wollte raus. Oder ich hab ihn angebrüllt, dass ich ihn draußen zusammenschlage. Auf jeden Fall stehen wir jetzt hier. Eine schreiende Luca. Noch ein paar Leute, die ich nicht kenne. »Na, komm schon!«, rufen sie, »hau ihm eine rein.«

Worauf ihr euch verlassen könnt. Pamm, er hat die nächste hängen. Wieder ins Gesicht. Wieder die Faust. Das gibt Schmerzen. Der Schlag hat ihn wachgeknallt. Endlich bewegt er sich. Er will treten. Er macht irgend so eine Karatescheiße. Er kommt auf einem Bein auf mich zugesprungen. Ich weiche aus, halte sein Bein fest, zieh ihn damit zu mir ran und gebe einen in die Fresse. Es scheint ihm kaum wehzutun. Er kommt schon wieder angesprungen. Er hat nichts dazugelernt. Gleiche Taktik, gleiches Ende. Fuß festhalten und in die Vollen.

Er taumelt, geht in 'n Karateausfallschritt, kommt erneut angesprungen. Wie lange soll das noch so gehen?

War irgendwie schon komisch. So kurz. Und dann auch noch in Lucas Bett. Da hatte ich beim Videogucken schon zig mal gelegen. Und immer daran gedacht. Jetzt kam alles ganz anders. Wenigstens habe ich nicht versucht mir vorzustellen, es wäre sie.

Es reicht mir jetzt. Ich will den Typen packen, da trifft er mich endlich. Er will mir ins Gesicht schlagen und erwischt meinen Kehlkopf. Nicht feste, ich konnte noch ein Stück zurückweichen, aber immerhin. Es pfeift beim Atmen. Eingedrückt. Es wird unglaublich eng in meinem Hals. Schlucken geht nicht. Ich probier's trotzdem, bleibe mitten im Schlucken hängen. Der Kehlkopf klemmt irgendwie fest. Jemand steht vor mir, starrt mich an. Hat Angst. Tierische Angst vor seinem eigenen Schlag. Und weil man seine Angst so sieht, bekomme ich auch Angst. Alle starren mich an. Was erwarten sie jetzt? Dass ich tot umfalle? Ich versuche mit der rechten Hand den Kehlkopf irgendwie nach unten zu schieben. Ich glaub, ich drück ihn weiter rein in den Hals. Es pfeift immer lauter. Und Jemand flüstert. Hast du jetzt genug? Hast du genug? Immer wieder. Ich halte die Luft an. Alle Halsmuskeln sind verkrampft. Hast du genug? Ja, ich hab genug. Ich muss locker werden. Ich mach die Augen zu. Nur ich und der Hals. Es wird besser. Und plötzlich wieder die Wut. Es fühlt sich immer noch ganz komisch an im Hals. Ich taste mit den Fingern. Von außen alles normal. Ich mach die Augen wieder auf. Alle noch da. Besonders Jemand. Hast du genug, hast du genug? Immer wieder ruft er es. Ich hab noch lange nicht genug.

Ich explodiere. Er fällt. Er taumelt, versucht sich an den

Leuten festzuhalten. Ich hab ihn richtig erwischt. Mit der Faust auf den Brustkorb. Jetzt weiß er, was Atemnot ist. Ich sitz auf ihm, drück ihm die Gurgel zu. Mit links. Schreien. Die andere Hand haut ins Gesicht. Immer wieder. Er kann nicht mehr. Sein Blut spritzt überall herum.

»Daniel!«

Er läuft blau an.

»Daniel, lass die Scheiße sein!«

So kann nur eine mit mir reden. Befehlston. Kreischen.

»Daniel!«

Ein letzter Schlag, er verdreht den Blick.

Ich spring auf, dreh mich zu ihr: »Du kommst auch noch dran!!!«

Ich starre ihr in die Augen. Sie ist es nicht. Es ist Maria.

Es ist Maria.

Warum macht sie das? Hab ich mich gefragt. Weil sie weiß, dass ich auf ihre große Schwester stehe? Oder weil sie wirklich was von mir will? Sie fingert an meinem Hosenknopf rum. Das Bett riecht nach Luca, aber daran will ich jetzt nicht denken. Will sie nur einmal mit mir? Oder liebt sie mich? Und warum kannst du es nicht einfach genießen, sondern löcherst dich selbst mit Fragen?

Ich rase mit hundert durch die Stadt. Ich hab einfach alle stehen lassen und bin abgehauen. Flucht als Problemlösung. Funktioniert bedingt. Die Bilder verfolgen mich. Ich bin da Amok gelaufen. Hab ihn fast erwürgt. Was ist eigentlich los? Was mach ich jetzt? Ich muss weg. Ich kann mich nie wieder blicken lassen. Ich schäme mich. Gleichzeitig bin ich stocksauer. Warum haben sie dich dazu gebracht? Ich schäme mich. Auf die Autobahn. Hauptsache, fahren. Schnell, schneller.

Und dann: Rauchsäule. LKW. Alles klar. Jetzt geht's ab. Du hast es doch gewusst. Sie kriegen dich.

Schon als mir Maria beim Küssen in der Disko ausgewichen ist, war eigentlich alles klar. Egal. Ich liebe sie auch nicht.

Das Lenkrad schwimmt wieder. Kreist. Jetzt steht es. Ich steh. Da redet wer. Da steht wer. Der LKW. Der steht auch. Alle scheinen stehen geblieben zu sein. Nur die Zeit nicht. Und die Liebe. Doch, die steht jetzt auch.

Ok. Ok. Alles klar. Halt dich da raus. Ja, mir geht's gut. Verdammt, nimm die Lampe weg. Raus hier. Raus hier. Aua! Der beschissene LKW-Fahrer reißt die Tür auf, an der ich hänge. Mann, verpiss dich. Hände weg. Hau ab, du dumme Sau. Nimm die Lampe weg. Ja, mir geht's gut. Hau ab. Er steigt ein und fährt weiter. Richtig so. Funkt im Wegfahren. Scheiße. Jetzt kommen die Bullen. Der funkt die Bullen an. Die Sau. Jetzt kommen die. Ich hau ab. Erst mal Luft hier. Das Feuer. Es brennt noch immer unter der Brücke. Was ist das? Da hingehen.

Als er rückwärts von mir wegfliegt, in die Menge, da hätte ich mal denken sollen: Oh Scheiße. Hör auf. Aber nichts da. Ich muss ihn gleich erwürgen. So ein Schwachsinn. Ich hab's versaut. Mit allen. Luca, Maria, selbst Lothar. Der stand da auch plötzlich. Er konnte es nicht fassen. Starrte mich an wie alle anderen. Dabei hab ich doch nur versucht, ihn umzubringen. Alles normal. Kennt man. Kennt man nicht. Ist unter aller Sau so was. Kann mich nie mehr blicken lassen. Aua, Scheiße, mir tut alles weh. Blut am Kopf. Wo auch sonst. Sickert durch die Haare. Mir ist das unglaublich peinlich. Er hat gesabbert, weil er einfach nicht mehr konnte.

Extrem warm hier. Die Wärme steigt von unten an mir hoch. Durch die Hosenbeine. Es ist ein kleiner Stall. Der brennt. Klein ist gut, der ist fast so groß wie ein Haus. Keine Tiere. Oder schon verbrannt. Ein kleiner Viehstall unter einer Brücke brennt. Aschefetzen. Sie steigen an mir vorbei in den Himmel. Großartig hier. Riecht alles nach Rauch. Großartig. Bullen kommen schon. Höre sie. Blaues Licht. Blaulicht. Rotes Feuer. Oder gelbes. Gelbe Flammen. Schwarze Asche. Grüne Männchen. Sie steigen aus. Leuchten in mein Auto. Niemand. Sie sehen mich. Steigen wieder in ihre Karre. Rasen zu mir rüber. Ja, beeilt euch. Kann schnell gehen.

»Komm vom Geländer runter!«

Was ist denn das für ein Befehlston? Verpisst euch!

»Das werden wir nicht, Daniel!«

Pause.

Lollek und Bollek.

»Luca hat uns Bescheid gesagt! Wir waren auf dem Weg zum U-Club! Was baust du eigentlich für eine Scheiße?«

Gute Frage, Jungs.

Weiß hier noch einer, was abgeht?

Wieso stehe ich auf dieser scheiß Autobahnbrücke?

Luca hat die Bullen gerufen. Ich fass es nicht.

Will ich springen?

»Daniel! Lass die Scheiße sein!«

Sie hat die Bullen gerufen. Sie macht sich Sorgen.

Nicht näher kommen!

Ich kann immer springen.

Bollek will zum Auto, Verstärkung holen. Aber ich lasse ihn nicht. Ich will keine Selbstmörder-Psychologen-Scheiße hier. Entweder spring ich von selber oder gar nicht.

Darum geht's aber nicht. Ob ich will oder ob nicht. Ich weiß nicht, was ich anderes machen soll. Wo soll ich hiernach noch hin? Was habe ich jetzt noch, nachdem ich Luca vergessen kann? Wenn man ganz ehrlich ist: Ich habe immer auf alles geschissen. Das einzige, was mir jemals wirklich was bedeutet hat, war die Liebe zu Luca. Auch wenn die nicht real war. Weil ich wusste, dass ich sie niemals bekomme. Deswegen hab ich sie geliebt. Weil ich wusste, dass ich sie niemals bekomme. Weil es eine sichere Sache war. Weil ich Angst davor hatte. Angst vor der Nähe zu jemandem, Angst vor der Nüchternheit der realen Liebe, Angst vorm Ficken. Vor ihr brauchte ich keine Angst zu haben. Es würde nie dazu kommen. Sie war eine sichere Sache. Aber das ist nur die eine Hälfte der Wahrheit. Die andere ist: Ich habe sie tatsächlich geliebt. Mehr als alles andere. Ich liebe sie immer noch. Ich werde es nie lernen. Luca ist das Einzige, was meinem Leben in den letzten Jahren einen Sinn gegeben hat. Das hab ich mir zumindest eingeredet. Ich hab mich absichtlich abhängig von ihr gemacht. Ich hab auf alles geschissen in meinem Leben. Und dann kam sie. Und ich war so froh, dass ich an etwas glauben konnte, dass ich vergaß, mich zu fragen, an was ich da glaube. Liebe um der Liebe willen. Und dann mein Sinn fürs Melodramatische. Die tragische Figur der Geschichte zu sein gefiel mir. Scheiße. Ich hab die Geschichte ganz schön versaut, wenn sie hier und so jetzt enden muss. Ich hab mir immer gedacht, dass ich mein Leben sowieso versaut habe und dass das Einzige, was ich richtig gemacht habe, meine Liebe zu Luca war. Das Einzige, was ich wirklich konsequent durchgezogen habe. Und jetzt stelle ich fest, dass es die reinste Selbstverarschung war.

»Jemand ist im Krankenhaus.«

Lollek sagt es und sieht mich traurig an.

»Du hast ihn ganz schön übel zugerichtet.«

Aber wieso? Ich hab doch nur ein paar Mal zugehauen.

Er wollte es so.

»Ich glaub nicht, dass er es wollte. Er hat einen angeborenen Herzfehler. Du hast ihm direkt aufs Herz geschlagen. Er liegt auf der Intensivstation.«

Was heißt das?

»Vorhin sah es nicht gut aus.«

Mir fällt sein Blick wieder ein. Die Angst, nachdem er mich getroffen hat. Die Angst vor seinem eigenen Schlag.

Ich fang an zu zittern. Ich muss mich setzen. Ich sitze auf der Brüstung.

Ich zitter. Die Asche fliegt. Und ich schluchze. Einmal. Und dann geht es los. Ich fang an zu heulen. Ich weine wie ein Kind. Ich plärre, ich schluchze, ich sabber Rotz und Wasser. Und dann kommt Bollek und nimmt mich in den Arm. Und dann Lollek auch. Wir stehen zu dritt auf der Brücke, im Schein des Feuers, und ich heule alles platt. Ich kann damit das Feuer unter mir löschen, wenn ich mich anstrenge. Da ist genug Potential nach so vielen Jahren.

Und es ist das erste Mal nach so vielen Jahren, dass ich etwas fühle. Es tut mir Leid. Und die Asche fliegt immer weiter an uns vorbei, steigt lautlos in den nächtlichen Himmel empor. Es tut mir Leid.

Teil III

Insektentanz

82

Neues

Ich lieg im Krankenhaus und hab 'ne Menge Zeit, über alles nachzudenken. Ich hab mir bei dem Unfall übrigens zwei Rippen angebrochen. Und den Hals verrenkt. Und die Wunde am Kopf musste auch genäht werden. Also alles ein bisschen viel auf einmal. Deshalb haben sie mich für ein paar Tage ins Krankenhaus gesteckt. Und ich hab bis Sylvester dienstfrei. Soweit alles ganz gut, nur wegen der Prügelei gibt es wahrscheinlich noch Ärger. Jemand geht es allerdings wieder besser, er hat anscheinend doch mehr Theater veranstaltet als nötig.

Heute Morgen war Maria da. Sie hat mir mein Schreibzeug gebracht, einen langen Kuss und eine Packung Kondome aus dem Krankenhausshop. Für die netten Schwestern, wie sie meinte. Ich wüsste ja jetzt, wie es geht.

Und dann ist noch die Antwort vom Buchverlag gekommen. Ich fühlte mich nicht so ganz ernst genommen, aber wenigstens hatten sie geantwortet, auch wenn der Antwortende ein kleiner Zyniker war. Warum ich wohl der Meinung sei, dass die Leute etwas kaufen wollten, was sie mit wenig Mühe selbst schreiben könnten, schrieb er in Bezug auf meine Gedichte. Mein Romananfang sei jedoch ganz interessant. Man müsse zwar mal sehen, wie das fertige Teil aussehen würde, aber man könne eventuell, wenn ein hauseigener Lektor es überarbeitet hätte, in kleiner Auflage etwas daraus machen. In vier Wochen sollte ich das komplette Manuskript abgeben. Ich freute mich, dass ein solches Interesse an meinem Werk bestand, und nahm mir vor, überhaupt nichts mehr wegzuschicken.

In der Post war übrigens auch eine Karte von Dennis. Er hat mich eingeladen, Sylvester mit ihm auf Juist zu verbringen. Das Unglaubliche wurde wahr: Dennis hat 'ne Freundin. So richtig mit Liebe und allem. Und sie hat ein Haus auf Juist. Natürlich fahr ich da hin. Das lass ich mir nicht entgehen.

Und dann war noch Luca da. Sie kam ganz vorsichtig ins Zimmer, ich machte schnell die Augen zu und tat, als würd ich schlafen. Sie hat's prompt geglaubt. Hat sich auf mein Bett gesetzt und mich lange beobachtet. Glaub ich zumindest, denn ich hatte ja die Augen zu. Ich schnarchte ein bisschen vor mich hin und räkelte mich im Schlaf, und als sie vielleicht zehn Minuten da gesessen hatte – mir wurde es auch gerade langweilig –, stand sie auf, beugte sich langsam zu mir runter und küsste mich zärtlich.

Leise verließ sie den Raum, und ich wusste, dass ich in nächster Zeit viel über Liebe, Frauen und das ganze Zeugs würde nachdenken müssen. Aber eigentlich hatte das auch Zeit bis zum neuen Jahr.

83

Diagnose

Heute ist Heiligabend. Heute werde ich entlassen. Es ist wieder kalt geworden. Ich sitze schon am frühen Morgen auf meinem Stuhl am Fenster und beobachte, wie die Sonne aufgeht und irgendwann die ersten Alten und Kranken, in dicke Mäntel eingepackt, die Grünanlagen des Krankenhauses stürmen. Mir fallen meine Patienten wieder ein, und ich muss sagen, ich freu mich auf meinen Job. Ich hab sogar schon überlegt, ob ich erst mal eine Pflegerausbildung anfange. Nachher kann ich immer noch was anderes machen.

Ich sitz in Klamotten auf meinem Bett und bin gespannt, wer mich abholt. Ich bin quasi wieder gesund, auch wenn mir die Rippen ab und zu noch ganz schön wehtun. Aber das Schönste ist: Ich hab den Tumor besiegt. Also, wenn ich ehrlich bin, war das Gespräch mit dem Arzt so: Tja, Daniel, das mit deinem Tumor ist folgendermaßen: Wenn die Pubertät zu Ende geht, dann hört das Längenwachstum auf, und, na ja, man geht eher in die Breite. Aha. Und was soll das mit meinem Tumor zu tun haben? Na ja, wenn man keinen Sport macht, dann setzt man eben hier und da an. Männer vor allem am Bauch. Wollen Sie sagen, dass ich nicht Krebs habe, sondern ganz profan fett werde? Ja, das will ich wohl damit sagen. Das war's. Kein Tumor, kein Sterben, kein Selbstmitleid mehr. Schade.

Dann geht die Tür auf und, na, wer ist es? Eike. Oha.

84

Weihnachten

Heiligabend zu Hause war ganz schön, aber schon am ersten Weihnachtsfeiertag wurde es schwierig, das Ganze auszuhalten. Mein Bruder machte seine Entertainer-Nummer, Oma legte sich mit allen an, und meine Eltern waren so um meine Gesundheit besorgt, dass es wirklich nervte. Und so setzte ich mich in mein Auto und fuhr zur Diakonie. Hier schätzte man wenigstens meine Anwesenheit, alle freuten sich, dass ich zu Besuch kam. Vor allem Schwester Anna. Und weil ich nichts zu tun hatte, fuhr ich mit ihr die Nachmittagstour und half ihr so wie am Anfang, als ich von ihr eingelernt wurde. Als letztes mussten wir zu Frau Holtzki. Ich war vorher nur selten bei ihr gewesen, denn sie war ein schwerer Fall, den die Zivis nicht versorgen durften. Sie hatte einen komplett offenen Rücken. Alles hatte mit einem kleinen Dekubitus angefangen, einer wunden Stelle an der rechten Ferse, die nicht mehr zuging. Der Arzt entschied sich, das Bein im Krankenhaus amputieren zu lassen, und als sie aus dem Krankenhaus wiederkam, war zwar das Bein in Ordnung, weil nicht mehr da, aber dafür hatte sie einen total kaputtgelegenen Rücken. Alles verfault, das meiste tote Fleisch musste weggeschnitten werden, und deshalb hatte sie jetzt diese offene Wunde, die wir versorgten. Wenn man den Verband abmachte, wurde die Atemluft im Zimmer wirklich dünn. Es war ein süßer, fleischiger Geruch, der durch das Zimmer strömte. Es war schlimmer als jeder Fäkaliengeruch. Es war ein Geruch, der mit nichts vergleichbar war. Es tat weh, im Zimmer zu stehen. Nur Frau Holtzki tat es nicht weh. Ihr schien gar nichts wehzutun, denn sie lächelte immer, wenn wir kamen. Sie lag da, mit ihrem amputierten Bein und ihrem fehlenden Rücken, und grinste uns an, als wäre das Leben eine einzige Freude.

Als wir heute kamen, saß sie angezogen im Sessel. Sie hatte ihre Tochter gebeten, sie für Weihnachten herzurichten, und hatte nun ein weites, gelbes Kleid an. Das sah sehr eigenartig aus, wie sie da im Sessel neben dem Tisch mit dem winzigen Tannenbaum saß, denn ich hatte sie bisher nie außerhalb ihres Bettes gesehen.

Aber heute Abend saß sie in dem alten Kleid und mit frisch frisierten grauen Haaren vor uns und strahlte uns an. Sie musste durch das Sitzen wahnsinnige Schmerzen haben, aber sie ließ es sich nicht anmerken. Vielleicht hatte sie auch eine Sonderration Schmerzmittel für diesen Abend genommen. Vor ihr stand ein kleiner Tisch und daneben ein Stuhl für Schwester Anna. Sie wollte mit ihrer Pflegeschwester Weihnachten feiern. Die Tochter holte einen zweiten Stuhl für mich, und dann setzten wir uns alle an den Tisch, aßen im Schein der Tannenbaumlichter Kuchen und tranken Kaffee dazu, während im Radio leise Weihnachtsmusik lief.

»Sie müssen mich heute nicht versorgen«, sagte Frau Holtzki leise, als wir mit dem Kuchen fast fertig waren. »An Weihnachten sollte niemand arbeiten müssen.«

Und obwohl Anna beteuerte, dass das kein Problem sei, ließ sie sich nicht beirren.

Nicht an Weihnachten.

Anna und ich standen vor dem Haus von Frau Holtzki, als in der Ferne die Glocken der Stadtkirche den Abendgottesdienst einzuläuten begannen. Ich fragte Anna, was sie heute noch vorhabe, und sie erzählte mir, dass sie noch zu der Party eines Freundes ginge. Dann überlegte sie kurz, horchte auf die Kirchenglocken und sagte leise:

»Ich war schon jahrelang nicht mehr in der Kirche. Vielleicht geh ich da vorher noch hin.«

Während wir durch die nächtliche Straße zu ihrem Auto schlenderten, wunderte ich mich darüber, dass eine Diakonieschwester schon seit Jahren nicht mehr in der Kirche gewesen war. Aber ich wollte sie nicht fragen, warum. Stattdessen sagte ich ihr, dass ich von hier aus nach Hause laufen würde. Es war nicht weit bis zu meinen Eltern und ich hatte versprochen, zum Abendessen da zu sein. Ich wollte noch ein wenig die Weihnachtsstimmung genießen. »Schade«, sagte sie. »Ich hatte ein bisschen gehofft, du kommst mit.«

Ich zögerte. Ich wollte sie nicht enttäuschen, aber ich wusste, wenn ich jetzt mitgehe, dann verspreche ich mehr, als ich halten will. Sie grinste mich an und las mal wieder in mir wie in einem Buch.

»Ist schon o.k.«, lachte sie. »Fröhliche Weihnachten, Daniel.«

Sie nahm mich in den Arm und dann küsste sie mich zärtlich auf den Mund. Gerade so lang, dass ich mich nicht entscheiden konnte, doch noch mitzukommen. Dann stieg sie ein, und mit leisem Röhren verschwand der rote Diakoniewagen in der heiligen Nacht.

85

Letztes Kapitel

Heute ist Sylvester. Ich bin um sieben aufgestanden, um schon früh am Bahnhof zu sein. Ich freu mich auf Dennis. Wir haben uns noch nie so lange nicht gesehen. Und noch nie ist in der Zwischenzeit so viel passiert wie diesmal. Die Zeit zwischen Weihnachten und Sylvester war ich allerdings viel zu Hause. Ich war noch immer ziemlich schlapp und hab die meiste Zeit gelesen.

Luca bin ich aus dem Weg gegangen. Sie hat angerufen, aber ich muß erst mal über all das nachdenken, bevor ich sie wiedersehe.

Stattdessen hab ich mich häufiger mit Maria getroffen. Aber nur so, zum Reden und Spaß haben, und gestern sind wir in gegenseitigem Einvernehmen zum Schluss gekommen, dass wir nicht ineinander verliebt sind, dass wir uns aber, wenn ich wiederkomme, in jedem Fall noch ab und zu treffen sollten.

Mal sehen, wie lange ich bei Dennis bleibe. Vielleicht ein paar Tage, vielleicht eine Woche. Jedenfalls sind meine Urlaubstage alle verbraucht, wenn ich zurückkomme. Und dann darf ich bis zum Sommer durcharbeiten. Aber das ist nicht so schlimm, dann hab ich wenigstens was zu tun.

Jetzt, wo ich Richtung Küste ratterte, durch die verschneiten Wiesen und Felder, dem blauen Himmel, dem Meer entgegen, und die letzten Seiten meines Buches schrieb, wurde mir klar, dass ich in nächster Zeit nicht mehr so viel schreiben würde. Mein Buch war abgeschlossen, und das Ende war nicht das Schlechteste. Als ich darüber nachdachte, fiel mir auf, dass die Menschen, über die ich mich so aufgeregt hatte und die mich deshalb überhaupt erst zum Schreiben brachten, nun in der Distanz längst nicht mehr so boshaft wirkten wie damals. Eigentlich wollte ich gar nicht, dass es von ihnen gelesen wurde. Ich erwog, jede einzelne Notizbuchseite rauszureißen, sie ein letztes Mal zu lesen, um dann die Blätter über die friesischen Wiesen zu verteilen. Aber dann fiel mir ein, dass ich vielleicht später Lust bekäme, das Ganze noch mal zu lesen. Auch wenn ich jetzt nicht daran glaubte.

Und ganz vielleicht hab ich ja auch irgendwann mal Kinder, und wenn sie fünfzehn sind, dann drücke ich ihnen die Geschichte einfach in die Hand. Behutsam steckte ich also die Notizbücher in meinen Rucksack und nahm mir vor, gut darauf aufzupassen. Und irgendwann werde ich sie mal abtippen. Wort für Wort. So, wie es da steht, so, wie ich es erlebt habe. Und da wusste ich plötzlich, wie das Buch heißen sollte, und schrieb den Titel in das erste Notizheft auf die erste Seite.

Als der Zug in Norden-Norddeich einrollte, stand ich schon an der Tür. Als Erster. Ich konnte es kaum erwarten rauszukommen. Ich sprang auf den Bahnsteig, rannte durch die Menge und blieb erst stehen, als ich freien Himmel über mir hatte.

Einen strahlenden, tiefblauen Winterhimmel. Der Geschmack von Salz lag in der klaren Seeluft, und ich sog mit tiefen Atemzügen den Geruch des Meeres ein.

Die Fähre wartete schon.

Nachwort

Der Roman »Nichts bereuen« erzählt Daniels Geschichte vom Erwachsenwerden und das in einer möglichst direkten Form. Es ist die Vorlage zum gleichnamigen Kinofilm, mein erstes Buch und unter besonderen Umständen entstanden, deshalb möchte ich kurz etwas dazu erklären.

Die Idee zu der Geschichte kam mir Anfang 1999 während meiner Hochschulzeit in Ludwigsburg. Ich hatte gerade den Kurzfilm »4000 Teile« mit Daniel Brühl gedreht und noch während ich im Schnitt dieses Filmes saß, wusste ich, dass er in meinem nächsten Film die Hauptrolle spielen sollte. Ich wollte eine Jugendgeschichte erzählen und diese so persönlich und ehrlich wie möglich. Und ich wollte einen abendfüllenden Spielfilm drehen, ohne dass ich irgendeine Ahnung hatte, wie er finanziert werden sollte. Zudem hatte ich das Problem, dass ich den Film zwar inszenieren, auf keinen Fall aber auch das Drehbuch schreiben wollte, um den nötigen Abstand zu behalten. Die Geschichte wiederum wollte ich aber doch selbst erzählen und deshalb war schnell klar: Ein Roman musste her. Das gab mir nicht nur einerseits die Möglichkeit, etwas auszuprobieren, wovon ich schon lange geträumt hatte, sondern andererseits auch die Perspektive, am Ende in jedem Fall etwas in der Hand zu halten, auch wenn die Finanzierung des Filmes sich als unmöglich herausstellen sollte. Außerdem war so die Herangehensweise an die Geschichte viel freier, als sie bei einer direkten Drehbucharbeit hätte sein können. Ich musste nie darüber nachdenken, ob etwas filmisch umsetzbar war, denn es zählte erst mal nur die Geschichte.

Als das Buch im Oktober dann fast fertig war, begannen der Drehbuchautor Hendrik Hölzemann und ich die Arbeit an dem ersten Treatment, mit dem wir auf Finanzierungssuche gingen. Mit dabei waren der Kameramann David Schultz und die Produzentin des Films Stephanie Wagner. Wir hatten einen langen Weg vor uns, denn die ersten Fernsehsender, denen wir das Projekt vorstellten, waren skeptisch. Man bezweifelte, dass so eine Geschichte überhaupt jemanden interessiere, dass sei doch alles ein wenig unspektakulär. Doch genau darum ging es uns ja. Eine unspektakuläre Geschichte so detailgenau, direkt und ehrlich zu erzählen, dass sich jeder selbst darin wiederentdecken konnte.

Während wir das Drehbuch entwickelten, stellten Hendrik und ich fest, dass wir einiges ändern, zusammenfassen und streichen mussten, um dem Film die Stimmung zu geben, die wir beabsichtigten. Wir wollten auf keinen Fall den permanenten inneren Monolog des Romans übernehmen und alle Handlungen mit Daniels Stimme aus dem Off kommentieren, da das im Film letztendlich extrem nervtötend geworden wäre. Vielmehr mussten wir durch äußere Handlung das gleiche erzählen. Auch drehtechnisch hätten Szenen wie der »Showdown« des Buches kaum umgesetzt werden können und so entschieden wir uns, eine möglichst freie Adaption zu entwickeln. Dadurch haben Buch und Film die gleichen Grundvoraussetzungen, driften jedoch ab einem gewissen Punkt deutlich auseinander, ohne sich jedoch zu weit voneinander zu entfernen. Man muss die Geschichten als Variationen des gleichen Grundthemas sehen und ich selbst bin sehr glücklich, dass es so geworden ist.

Nachdem Michael Schaefer dann noch als Ko-Produzent eingestiegen war und auch ARRI als Film-Equipmentfirma und der WDR als Fernsehsender den Film koproduzieren wollten, war klar, dass »Nichts bereuen« auch wirklich gedreht werden würde. Zusätzliche Unterstützung erhielten wir vom Filmbüro NW und 12 Move und begannen schließlich im Oktober 2000 den Film mit einem Budget von nur 350.000 DM in Wuppertal zu drehen. Wir drehten sechs Wochen und gingen dann von Januar bis Juli 2001 in die Postproduktion. Öffentlich gezeigt wurde der Film erstmals am 04.07.01 auf dem Filmfest München im deutschen Wettbewerb. Erst kurz vor dem Filmfest wurde klar, dass wir wirklich einen Kinoverleih bekommen und »Ottfilm« den Streifen im November des gleichen Jahres bundesweit starten wollte.

Von der ersten Idee bis zum Kinostart habe ich fast zweieinhalb Jahre in das Projekt »Nichts bereuen« investiert und bin glücklich dabei, weil ich viele Leute kennen lernen durfte, die Freunde wurden und mit denen ich weiter zusammenarbeiten kann. Ich möchte allen danken, die dieses Projekt unterstützt und mit uns daran geglaubt haben, obwohl es manchmal so aussah, als wäre das alles niemals zu schaffen, insbesondere Tobias Kniebe und Tim Jung, die von Anfang an sehr begeistert von dem Manuskript waren und sich um mich gekümmert haben, und Julia Eisele, die mir beim Feinschliff sehr geholfen hat. Besonders danken möchte ich Hendrik Hölzemann für seine Verzweiflung, seine Wutausbrüche und seinen großen Willen zur Versöhnung, die es mir sehr angenehm gemacht haben, mit ihm dieses Buch zu adaptieren.

Ich widme den Roman »Nichts bereuen« meinen Eltern, weil sie mich lieben und für mich da sind, wenn ich sie brauche und das viel häufiger ist, als es für sie vielleicht den Anschein hat.